鲜花在每一个脚印开放

陈振林◎著

时代文艺出版社

图书在版编目（CIP）数据

鲜花在每一个脚印开放/陈振林著. 一长春：时代文艺出版社，2018.11

ISBN 978-7-5387-5956-3

Ⅰ.①鲜… Ⅱ.①陈… Ⅲ.①散文集－中国－当代 Ⅳ.①I267

中国版本图书馆CIP数据核字（2018）第155862号

出 品 人　陈　琛
产品总监　郭力家
选题策划　凌　翔
　　　　　方　伟
责任编辑　田　野
助理编辑　吕　天
装帧设计　孙　利
排版制作　隋淑凤

鲜花在每一个脚印开放

陈振林　著

出版发行/时代文艺出版社
地址/长春市泰来街1825号　时代文艺出版社　邮编/130011
总编办/0431-86012927　发行部/0431-86012957　北京开发部/010-63108163
官方微博/weibo.com/tlapress　天猫旗舰店/sdwyycbsgf.tmall.com
印刷/三河市万龙印装有限公司
开本/640mm×910mm　1/16　字数/180千字　印张/14.5
版次/2018年11月第1版　印次/2018年11月第1次印刷　定价/30.00元

目　　录

辑一　阳光爬满每一天的窗子

辑四　一只鞋

辑五　发黄照片

辑一／阳光爬满每一天的窗子

阳光，爬满了窗子。玮的眼泪涌出来了，一缕阳光正照在眼泪上，亮晶晶的，暖烘烘的。

男孩儿清水

我要去找一个名叫清水的男孩儿。

他是我的学生，高三（3）班的学生，品学兼优的学生。从高一年级到高三年级，我做班主任，他在我班上三年了，从来没犯过什么事。还有一个多月就要高考，他是铁板钉钉的重点大学学生。

可是，他已经三天没有来上课了。这些日子，他有些反常，从来不迟到的他偶尔会迟到，有时身上的衣服还脏兮兮的。

他会出什么事呢？

我对他的家庭情况太熟悉了。他五岁时，父亲在一次车祸中身亡，留下了他和两岁大的妹妹，一年后他们年轻的母亲也改嫁了。好在家中还有爷爷奶奶，年迈的爷爷奶奶抚养着兄妹俩，长年吃着百家饭，后来民政才有些救济，但日子也过得紧巴巴的。初中还没毕业时，清水就想着不读书了，他要用他的肩膀挑起这个家。那个晚上，爷爷抚摸着他的头，轻轻地说了句："孩子，不读书，你的路更窄了哩。"

他又走进了教室。中考，他以全县第二名的成绩进入县一中。他仍然保持着良好的势头冲刺着高考。机遇也不错。高一年级的时候，县里开展"一对一"帮扶活动，清水成为副县长刘日福的资助对象。这样，每学期清水都能从学校领取一千元的资助金。领取资助金的时候也会举行简短的仪式，清水会恭敬地从副县长刘日福手中接过钱，然后小声地说声"谢谢"。刘副县长呢，看到成绩接连攀升的清水，总会说句鼓励的话："好好学习，安心学习，你们才是未来的希望啊。"

清水总算能安心学习了。他知道爷爷奶奶多病，尽可能地省吃俭用，将省出来的钱帮爷爷奶奶买点儿药。他知道读初中的妹妹从来没有喝过牛奶，想着有一天帮妹妹买一些"特仑舒"牛奶。

清水懂事。可是，懂事的他去了哪里呢？

我问过跟他要好的同学张林，张林说他只是说"家中有事"就走了。我昨天去过清水的家，三十多公里外的一个小村子，他的家，两间小屋，没有任何家电，生病的奶奶卧在床上，他的爷爷刚刚下地去了。清水根本没有回家。

我向人打听到了清水妈妈的电话号码，接通后，她说，儿子好几年不和她说话，不可能到她这儿来。

我又去了他妹妹的初中学校。他妹妹说，哥哥清水是来找过她，给她带来了两盒"特仑舒"牛奶就走了，临走时，背着个大大的蛇皮袋，袋子里鼓鼓的，像是满满的易拉罐。

我似乎明白了什么。接着，我走访了几个废品收购站，向人比画着清水的模样。果然，这几天，清水都在这些废品收购站卖过易拉罐，而且，有时还不只是他一个人。

在县城城东最大的一家废品收购站，我找到了清水。他将满满一袋易拉罐吃力地放在了秤盘上。他的身边还有几个一般大的孩子。见了我，他有些不好意思："老师，我明天就去上学，明天就去。"

"这几天你不上课，不担心你的高考了？"我反问，有些生气。

"老师，我就是担心影响我的高考，影响我的生活，所以这些天我不上课。"他说，声音不大，但有力量。说着，他指了指身边的几个孩子："这三个是我初中最好的同学，他们在帮我捡易拉罐，有时也低价收购，这一个多月，到昨天为止，我们已经赚了四千五百元钱。"

"赚这么多钱做什么？"我不解。

"归还啊。"他一本正经。见我还是一头雾水，他递给我一张报纸，报纸上的一条消息赫然醒目：原副县长刘日福贪污受贿被查处。

这时，清水身旁的同学发话了："老师，清水是得到了刘副县长的资助金才能继续上学的，可是，刘副县长贪污受贿被查处了。清水说，他不能接受贪污受贿的钱来学习，他想着归还这些钱。"

清水接过了话："老师，这五个学期，我一共接受了刘副县长五千元的资助，现在我已经攒了四千五百元，今天应该能赚两百多元吧，您能借我三百元吗？我将那五千元全部还清。"

我还能说什么呢？我像木偶一样，从钱包里抽出三百元，递到清水的手中。

第二天清晨，清水端端正正地坐在教室里，满脸的笑容。

中午的时候，我的一个在县政府办公室工作的同学王涛打来电话："老陈啊，你们学校的一个叫清水的学生闹了点儿麻烦了，他想将刘日福副县长资助他学习的五千元归还，刘副县长被关进去了他找不到，他将钱送到了我们县政府办公室，还让我们开了收据，你说，这钱，我们怎么办才好啊……"

我拿着电话，没有出声。因为，我也不知道将这钱怎么办才好。

成熟的美丽

夕阳挂在天边，洒下几抹亮色。天，渐渐地暗了下来。

他，走在大街上，有事无事地踢打一下脚下的小石子。他离开家已经三个多月了，他还没有找到自己想要的生活。身边走过一个又一个匆匆忙忙的人，有像他一样苦着脸的，也有微笑着的，他总是觉得陌生。

一抹红色掠过他的眼前。

石榴！

他在心里喊。他不用细看，就知道那一定是石榴。他知道成熟的石榴皮色鲜红或粉红，闯入人的眼帘时，就像是一抹彩霞，或是一团火。那些石榴，常常会裂开，露出晶莹如宝石般的籽粒，酸甜多汁。

他的家乡，到处都种着石榴，每个人的每句话，都弥漫着石榴的味道。但是，他不喜欢石榴，不喜欢那种酸甜。他只是吃过一次，竟全给吐了出来。

他停住了脚步。

"小伙子，来两个石榴吧，"挑着石榴担子的他开口了，"这石榴，酸酸甜甜的，营养丰富，维生素C含量比苹果、梨还要高出一两倍哩。"他五十多岁的样子，瘦黑的脸，满头大汗，汗水里流淌着笑。

他的目光停留在了那一个一个红红的石榴上，那露出的如宝石一样的籽粒，真像是孩子们争相露出的一张张的小脸，煞是可爱。他用手捋了下有点儿散乱的头发，笑着对瘦黑老汉说："但是，石榴吃多了会上火，并会让牙齿发黑啊。"

"那你来一个行不？吃了这一个啊，你的工作就有了着落，你的女朋友就会主动送进你的怀抱。"老汉也笑着说，"不贵不贵，只要一元钱一斤，都是自家产的哟。"

他把手伸进了装着石榴的筐子，一个，两个，三个。他一下子拿了三个，放在了老汉的秤盘里。瘦黑老汉呵呵地笑着，又从筐子里拿了三个，试了试秤，就用袋子给装了："小伙子，三斤四两，收你三元钱就行。"

他递过三元钱，接过了六个石榴。六个石榴紧紧地挨着，像是露着六张小脸似的笑着。

他走开，又回头，看了看瘦黑汉子。

瘦黑汉子正看着他，像盯贼一样死死地盯着他。

"老黑啊，你刚才是不是称错了？"一旁卖苹果的中年妇女说，"六个，怎么只有三斤多一点儿啊？还有，石榴不是三元一斤吗？"

"我就是想让这小子占点儿便宜，"瘦黑汉子回过神来笑着说，"我一看这小子，准还没找好工作，肯定还没女朋友，和我家的小子也差不离吧，我那小子，上半年就去了上海，打电话回来说，工作也没个影儿，唉……"

不远处，有人正在招呼提着六个"笑脸"的他："怎么了，小王？工作不如意就想着买石榴来散心啊，你不是不吃石榴的吗？嘿，还一下子买了六个？"

卖苹果的妇女和瘦黑汉子一齐转过头，听到他一句轻轻的话语："不多啊，买了慢慢吃吧，我在想，我乡下的爹，也正吃力地挑着装满石榴的担子在大街小巷叫卖，他的脸也一定是黑黑的……"

妇女的话多了起来："老黑，我考考你，石榴还有个好听的名字，你知道叫什么吗？"

瘦黑汉子摇了摇头。

"成熟的美丽。"妇女得意地大声说道。

捡到一元钱

　　丁丁放学的时候，低着头正想着上课时老师讲的数学问题，忽然眼前一亮，一枚硬币躺在他的正前方。

　　"是谁的钱啊？"丁丁叫道。

　　身边走过的同学像没有听见他的话一样，照样走着自己的路。

　　丁丁又叫了一声："这是谁的钱啊？"路边卖水果的中年男子听了，对正在选购苹果的顾客说："看看，这个十来岁的小家伙也会用一元钱来讹人钱财了。"丁丁不管，他不知道可以怎样讹人钱财。丁丁又大声叫着的时候，一个五六岁的小妹妹望了他一眼，说："小哥哥，这钱不是我的。那边有警察叔叔，你去问问警察叔叔啊。"

　　丁丁觉得有道理，将那一元钱捡了起来，跑到正在值勤的警察那儿，说："叔叔，我捡到一元钱，不知道是谁丢的，能交给你吗？"可是，正在值勤的警察像没有听见一样，仍然忙着自己的事。丁丁的声音大了一些："叔叔，我捡到一元钱，现在交给你。"

警察叔叔这才转过头，想了想，说："小朋友，这样，你将这钱啊，明天交给老师去。"丁丁想想也是，明天去交给老师吧。放学回到家中，丁丁将捡到钱的事对妈妈说了，妈妈说："你确定不是你手中的一元硬币吗？"丁丁连连摇头。

"那你就当是你手中的一元钱吧。"妈妈又说。丁丁的头摇得更厉害了："不行，老师说的，捡到钱物要上交的。"妈妈轻轻地叹了口气。

第二天一早，丁丁一到学校就找到了班主任刘老师："老师，昨天我在放学路上捡到一元钱，我想交给您。"刘老师没有接钱，只是说："丁丁啊，这一元钱真是捡到的吗？要知道，拾金不昧在品德评分上是要加分的。捡到钱的时候，有人看到吗？"丁丁想了想说："没有同学看到，只有一个五六岁的小妹妹知道。"刘老师听了，说："这样吧，丁丁同学，你将昨天捡到钱的经过写一写，然后将钱放到我的办公桌上去。"丁丁高兴起来了，这下终于能将一元钱上交了。他拿出纸笔，写下了昨天的经过，连同那一元钱硬币放在了刘老师的办公桌上。

下午的时候，丁丁正在上课，刘老师将他叫了出去。在办公室里，刘老师轻声地问丁丁："丁丁同学，你捡到钱的时候，只有一元钱吗？"丁丁眨着大眼睛说："老师，怎么了？"办公室里站着一个老婆婆，是学校门前小卖店的主人。老婆婆拉过丁丁说："孩子，做学生要诚实，你昨天真的只是捡到了一元钱？我可是掉了一个钱包啊。"丁丁明白是怎么回事了，说："真的，我只是捡到了一元钱。一个小妹妹看到了，还有，十字路口的那个警察叔叔也知道，我妈也知道。"听了这话，老婆婆像泄气的皮球一样，自言自语道："真的只是捡到一元钱啊，也说不定吧……"

放学回到家，妈妈叫过丁丁："丁丁啊，你昨天真的只是捡到了一元钱？有人说你捡到了一个钱包呢。"丁丁没有出声，转身跑进了自己的房间。泪，从他的脸上滑了下来。

又一天上学的时候，丁丁发现路上又躺着一枚硬币。他用脚重重地踩了踩，走了过去。

他觉得那硬币太刺眼。

关　爱

初二（2）班正在举行以"关爱"为主题的班会。

"大家说说自己身边的关爱故事吧。"主持人班长小丁用自己的口才尽力地鼓励着班上的同学发言，因为这是一节公开课，听课的有白校长和其他领导。

先后有同学接过话筒，讲述着自己家中的关爱故事，让大家共同感受着一份份难得的深情。"还有谁能说？"小丁又说。

一个瘦瘦的女生站了起来，慢慢地。一接过话筒，她似乎要哭了起来。

"别激动，梅子。"小丁不失时机地安慰了一句。

"亲爱的同学，我要说说我家的故事……"梅子开口了，"三年前，我爸就和我妈离婚了……我爸不要我，我判给了妈妈……呜呜……"

梅子哭了起来。

"慢慢继续说。"小丁劝道。

"呜……这三年来，我和妈妈相依为命。妈妈为了我，没有再嫁。她没有正式工作，为了生活，她给人看过店子，自己推小车卖过夜餐，还捡过垃圾……呜呜呜呜……"梅子拼命哭了起来。

孩子们有的也哭了起来，听课的领导和老师眼眶也湿润了。

全校公开课评比，初二（2）班的"关爱"主题班会被评为优质课，将代表学校参加全市的班会课评比。学校政教处谢主任对这节班会课进行了点评，说这节课的亮点就是梅子同学的发言，到市里上评比课时，如果讲述时语速更慢一点儿，那样就更令人动情了。

一周后，初二（2）班代表学校在市里讲班会公开课。公开课上，梅子开始发言："三年前……我爸妈就离婚了……爸爸不要我……呜……我判给了妈妈……妈妈为了我没有再婚……呜……为了生活……她给人看过店子……推车卖过夜餐……还捡过垃圾……呜呜……"

听课评委落泪了。这节课在市里被评为一等奖第一名，初二（2）班将代表全市到省城去参加全省的班会课竞赛。市教育局张副局长建议：梅子发言时能不能哭声再大一点儿？那样这节以"关爱"为主题的班会课，才更有说服力啊。

一个月之后，全省班会课竞赛活动在省城举行。白校长亲自带着学生上省城。又轮到梅子发言的时候，她先是一阵痛哭，然后逐字逐句地哭诉道："三……年……前……我……爸……妈……就……离……婚……了……呜……呜……"

梅子的这次发言花了近十分钟，在场听课的人无不潸然泪下。评委们给分都很高，有两个评委给出了满分。白校长欣喜不已，忙着给市教育局报喜，并打电话安排学校政教处谢主任迅速组织人拉几条横幅，内容就是庆祝班会公开课在省里获大奖……

　　学校里横幅拉起来了，庆功宴在最豪华的帝王酒家也订好了。可是，白校长带着学生回来时，却都耷拉着脑袋。

　　"为什么不是一等奖呢？"谢主任忙问。

　　"省里一位专家说，主题是'关爱'，可是我们偏题了……"白校长有气无力地说。

　　"这怎么会偏题呢？这怎么会偏题呢……"谢主任困惑不已。这个问题，白校长昨天也想了一整个晚上。

妈妈是只什么鸟

秋日的太阳，正懒洋洋地照着村子里的这所小学校。天边，有大雁正排着"人"字形向远方飞去。

小学校里在上生物课，林老师正在讲鸟类迁徙的特点。林老师指着喜鹊的标本说："像喜鹊、麻雀、乌鸦这类鸟，活动范围较小，终年生活在它们出生的区域，不因季节变化而迁徙。这种鸟叫作留鸟……"

上课很少听讲的丁丁来了兴趣。他歪着小脑袋，小嘴咬着钢笔，一副认真听讲的样子。

林老师又说："还有一些鸟，像天鹅、野鸭、大雁，常在一个地方产卵、育雏，却飞到另一个地方去越冬，每年定时进行有规律的迁徙。这种鸟叫作候鸟。候鸟有冬候鸟和夏候鸟之分……"

突然，丁丁将黑黑的小手举得高高的。林老师不得不中断了讲课，让丁丁发言。丁丁站了起来，从不发言的他鼓起勇气大声问道："老师，我的妈妈是只什么鸟？"

哗，全班同学都笑了起来。

"你的妈妈是妈妈，她不是一只鸟啊。"林老师说。

"老师，丁丁妈妈的名字叫喜鹊，喜鹊就是留鸟。"有同学小声说。

"那名字叫喜鹊的人也不是鸟啊。"林老师又说。

又有同学举手说："老师，我猜丁丁的意思应该是说他的妈妈像什么鸟，他的妈妈叫喜鹊，这名字是留鸟，但他的妈妈每年只是春节时回家一次，那他的妈妈就像候鸟了。"

林老师听了，连忙说："同学之间可不能拿父母开这样的玩笑。人就是人，鸟就是鸟。"作为老师，他肯定不能随意地让学生评价同学的父母。

"丁丁同学，请坐下认真听讲。"林老师让丁丁坐下来。可是丁丁一动不动，眼眶红红的，像要哭出来一样。他没有坐下来："老师，我想请你讲给我听，我的妈妈是只什么鸟？"林老师知道丁丁的性格很倔强，不回答这个问题他是不会坐下的。他也知道丁丁的家庭情况，爸爸得了肝癌，到了晚期了，妈妈在南方打工，每年回来一次，家中还有一个奶奶，七十多岁了。林老师抚摸着丁丁瘦小的肩膀说："丁丁，只是打个比方啊，你的妈妈像候鸟，每年会回来一次的。"

听了这话，丁丁用黑黑的小手擦了擦鼻子，堵住了就要下垂的鼻涕，然后咧开小嘴，笑了："老师，我知道你会告诉我正确答案的。好啦，我知道了，我的妈妈每年回家一次，真好啊。"他高兴地坐了下来。

下午放学，丁丁一路小跑着回家，进了门就对着病床上的爸爸喊："爸爸，爸爸，我的老师说了，妈妈是只候鸟，她会每年回来一次的，她真的会每年回来一次的。"丁丁爸爸将丁丁搂进了怀里，他的脸上，早已经淌满了泪水。

第二天，林老师继续讲候鸟的特征："鸟类的迁徙，往往是受到外界各种环境条件变化的影响。每当冬季繁殖地区气温下降，日照缩短，食料减少，对鸟类生活带来不利，它们就飞到气候温暖和食物较丰富的南方越冬。但越冬地区不适于营巢、育雏，到第二年春天，它们又迁回故乡繁殖……"丁丁很认真地记着笔记，一个字一个字地认真抄着。他不知道爸爸是否懂得候鸟的这些特征，他想将笔记带回家让爸爸认真看看，因为他们家中也有一只候鸟一样的妈妈。

寒假到了，大雪纷飞。丁丁望着天边的野鸭，丁丁想妈妈。就要过年了，妈妈还没有飞回家来。

草长莺飞的春天来了，丁丁的妈妈还没有飞回来。

春季开学的第一天，丁丁挡住了林老师："老师，你讲错了，你不是说我的妈妈是候鸟吗？那她为什么去年没有回来，到今天也还没有回来？"林老师的鼻子一酸，他早已知道，丁丁的妈妈已经和他爸爸离了婚，在南方已经有了一个新家庭。

"老师，你告诉我啊，我妈妈名字叫喜鹊，却不是留鸟。她是一年一回家的候鸟，可是现在，是候鸟的妈妈一年也不回家一次了，那，她究竟是一只什么鸟呢？"丁丁拉紧林老师的手说。

林老师的眼泪就流出来了，他将丁丁紧紧地拥在了怀中。他知道，他是回答不了丁丁的这个问题的。

西瓜八毛一斤

高考的时候，我被分在县一中考点保卫组，协助做好这个考点的安全工作。我的职责是将校门口的小摊贩赶得远一点儿，以免影响学生考试。我是一中老师，所以我也顺便在校门口目送着我的学生进考场，和他们点头微笑，为他们祝福。看着学生们一个一个信步走进考场，和那些焦急的家长们一样，我的心也放了下来，毕竟，这是学生们十年寒窗最后的拼搏。校门口的小摊贩并不多，我挂着工作牌，只是说上几句话，小摊贩们就走得远远的。

这是最后一场考试，考英语。但是，我发觉有一个卖西瓜的小贩，我说上几句，他就走两步。我不说了，他又折回到校门口来。因为都忙着进考场，所以并没有谁想着买他的西瓜。正当我要发脾气时，他倒递过来一瓢西瓜给我："您请吃吧，辛苦了。"我这才认真地看他的脸，瘦，黑，只有说话时他才有点儿精神。我没有接他递过来的西瓜，只是催促着他快点儿离开。

"您刚才在送您的学生进去考试，您肯定是他们的老师吧。"瘦黑汉子打开了话匣。原来他早就注意到我了。我点了点头。他的神情顿时高兴起来，哆哆嗦嗦着从他放钱的衣袋中摸出一张小纸条，像遇到救星一样对我说："老师啊，好老师，俺的儿子也在这考试哩。麻烦您将这纸条这时候送给他行不行啊？"我知道高考还是有极少数人在作弊，但大都没有成功。这汉子，居然想着让我去做这个事，不是太幼稚了吗？但我这时只希望他不拉着西瓜出现在校门口，所以一把就拿过了纸条："我这就给你去送，你现在可以离开这儿了吧？"瘦黑汉子连连点头："好，好，真是麻烦您了。"说着，他递给我一个大西瓜："老师，您拿去吃吧，俺自家田里种的，真的是绿色食品哩。俺是太马村的，太马的西瓜有名气，可是西瓜种得好，却卖不出去啊……"我知道我是不能接受他的西瓜的，连声说着"谢谢"，帮着他将满满一板车西瓜推到了学校对面。

我走进校园，想着刚才纸条的事，我才不会那么傻，去给他送什么纸条哩；虽然，在没有开始考试前我是可以进入考区的。我想着要将纸条扔进垃圾篓，拿出来一看，纸条的一面写着考生的名字，应该是瘦黑汉子的儿子的姓名：刘兵，0322号。这是第三考室二十二号考生。纸条的另一面，只有歪歪扭扭的几个字：西瓜八毛一斤。我疑惑了，这是什么意思呢？要么，纸条上要写上押宝题之类的东西啊。再说西瓜也没有八毛一斤啊，这几天五毛一斤都没人要。

同事老刘正好经过，见我拿着张纸条，说："怎么，有人托了人情，要帮忙递纸条吧？那可是违反纪律的事。"我将纸条递给他一看，他哈哈大笑起来："这是什么纸条哟？反正这时候还没有开始考试，你就给人家做个好事递进去吧，递这样的纸条也不是违反纪律的事。"听了这话，我觉得有道理。第三考室就在一楼，我急忙跑了进去，将纸条交给了考号为二十二号的考生。这是个照样黑瘦的男孩儿。男孩儿接过我的纸条，嘴角露出了丝丝微笑，将纸条折好放进了衣袋，然后轻轻地对我说了声"谢谢"。

考试终于散场了。我又忙着在校门口做最后的疏通工作。看着学生、家长都走远了，我舒了一口长气，准备回家。忽然一个声音叫住了我："老师，真的谢谢您了。"我一看，是那个瘦黑的汉子和那个瘦黑的考生。我这才又想起那纸条的事。

"老师，真的谢谢您了。"瘦黑汉子又说。瘦黑的男孩儿对着我深深地鞠了一躬。我倒来了兴趣，就问："那纸条到底什么意思啊？"

男孩儿眨了下他的黑眼睛说："俺要高考了，俺爹知道俺英语成绩不是太好，又怕俺担心家里增产了的西瓜卖不出去，他听说人家做家长的递过纸条，就想着递这个纸条给了俺。还真是有效，俺的英语发挥得真好……谢谢您了。"黑瘦汉子又递过一个最大的西瓜，说："麻烦您了，这个西瓜请您回家尝尝，也给俺太马的西瓜做个广告。我们父子俩也要回家了，还有二十多里路呢。"

我不好再推辞，敢情瘦黑汉子是拉着板车走了二十多里路来这里卖西瓜，然后递上了一张"西瓜八毛一斤"的纸条。提着西瓜，看着越走越远的父子，我对刚出校门的同事们叫道："来吃西瓜啊，我请客，太马村的西瓜，八毛一斤……"

那是我的一颗心

四年二班最后一节课是信息技术课。

下课铃声早就响了，但四年二班的信息技术教师刘心还没有宣布放学。因为她遇到了件小事——一台电脑的鼠标坏了，就是那鼠标的心球被人给抠走了。说是小事也不算小吧，这可关系到一个孩子健康成长的问题哩。再说这损坏了，她做老师的也有责任呀。

"我再问一次，是谁拿了十九号电脑的鼠标球？"刘心老师又问。

四十多个孩子都低着头，默不作声。十九号电脑座位上坐的是个小男孩儿，他叫陈丁，看起来有点儿调皮，可面对刘老师的质问，倒有点儿害怕。刘老师问过他三次了，他总说没有拿；刘老师也让学生检查过他的衣袋，真的没有。

"如果今天没有人交出来的话，全班同学一个也不能回家！"刘老师的语气强硬了不少。她想如果不严厉点儿，拿走鼠标球的孩子是不会交出来的。

教室里依旧静静的，孩子们的头更低了。

沉默。

五分钟后，刘老师看天色越来越晚，不得不说："明天再找你们，今天你们都回去吧。如果不交上这鼠标的心球，你们班的信息技术课以后就别上了。"

第二天上午第一节课刚下，刘老师回到办公室的时候，一个小男孩儿早就站在了她办公桌边。

"陈丁，那心球真是你拿的吧？"刘老师对小男孩儿说。

"老师，是不是交出了心球你就能给我们班来上信息技术课了？"陈丁问。

刘老师点了点头。陈丁忙从口袋里掏出了一颗白色的小球，递给刘老师。

"为什么昨天不拿出来，啊？"刘老师一接过小球，就质问起陈丁来，"你的品质真是有问题。我其实早就听说你很调皮不听话，倒真是的呀。这件事不能这么完了，你得让你爸来学校一趟。"

刘老师不容陈丁说话，一下子说了这么多。

"老师，您可以不让我爸来吗？我怕。我向您保证我不再拿就是了。"陈丁小声地说。

"不行！你这样的学生不受点儿教训是不行的。"刘老师的声音更大了，"你不请，我来请你爸。"说着，刘老师找陈丁爸爸的手机号码去了。

下午快放学的时候，陈丁爸爸赶到了学校，刘老师正在给四年二班上信息技术课。

"陈丁爸爸，陈丁昨天上课时抠走了十九号电脑的鼠标心球……"

刘老师话没说完，陈丁爸爸一耳光"啪"地落在了陈丁脸上："你个不争气的东西，只会抠电脑鼠标心球，家里的电脑鼠标心球昨天也让你给抠走了……"

说着，陈丁爸爸又准备向陈丁头上甩过一巴掌，陈丁一闪，摔倒在了十九号电脑桌旁。刘老师和旁边的同学想去拉一下陈丁。

"老师，你看！"那同学叫道，"那不是一颗鼠标的心球吗？"

刘老师一怔，这颗黑色的小球正是学校电脑鼠标的心球，早上陈丁给的是颗白色的，难怪放进十九号电脑的鼠标里后不那么灵活呢。

陈丁哇哇哭叫起来："我根本就没有拿过学校电脑鼠标的心球，我怕我们四年二班因为我的十九号电脑上不成课，我拿了家里电脑鼠标的心球交来了……呜呜……那是我的一颗心……球……"

刘老师和陈丁爸爸怔怔地看着那颗小球，呆了一般。

受伤的白鹭

蓝蓝的天，白白的云，微微的风。清清的湖水，偶尔漾起一阵涟漪。绿绿的水草上，不时停下几只白鹭。

已经好久没有见到这样一幅惬意的美景了。丁丁看着这画一样的田野，甭提多高兴了。但他是不能用美丽的词句来形容这幅画的，他才十二岁，读小学六年级。今天是星期天，丁丁和同学小小一块儿到市郊来看看风景。

砰……

是一声枪响，紧接着一只白鹭掉了下来，掉在了青青的草地上。一会儿，有个三十多岁戴着鸭舌帽的人走近了那只掉下的白鹭。他带着枪，他也带着个黑袋子，准备将白鹭装进黑袋子。

"你不能带走白鹭！"不知是哪里来的一股勇气，丁丁叫道。

"我打下的，我不能带走吗？"鸭舌帽说。

"你打死了白鹭，老师说白鹭是国家保护动物，你犯法了。"小小也说道。

"哈哈，小家伙，给老子讲法？你嫩着哩。"鸭舌帽笑道。

"你就是不能带走白鹭。这只白鹭受伤了，我们要将它带回去给它治伤。"丁丁说。

"叔叔，你不能带走。"小小说。

"你们说不带我就不带呀？让开！小心老子手里有枪。"鸭舌帽抖了抖手中的枪。

丁丁和小小忙上前护住了那只受伤的白鹭。鸭舌帽急了，拿起枪，用枪托向丁丁和小小用力打去。丁丁和小小用手一拦，两人的手臂上顿时皮破血流。

"小小，我留在这儿，你去那边把我的爸爸、你的爸爸叫来。"丁丁说。

听了丁丁的话，鸭舌帽慌忙跑开了。其实，这是丁丁的小计谋，他们的爸爸都没有来。

见鸭舌帽跑远了，丁丁用双手抱起了受伤的白鹭。两人顾不得手上的伤，想着先回家，然后去给白鹭治伤。

进了城区，丁丁和小小正计划着怎么办时，冷不防一个声音响起："你们两个小学生怎么了，抓住了国家保护动物白鹭？这是犯法的。"

"不是呀叔叔，有人用枪打伤了它，我们想给它治伤呢。"丁丁和小小望着说话的打红领带的男子，说。

"你们真是好孩子。告诉你们，我就是市动物保护站的。这样吧，把白鹭交给我，我那儿有专治动物枪伤的药。"红领带说。

听了这话，丁丁忙把白鹭交给了红领带。这下，丁丁和小小才真正地松了一口气，两人会心地笑了，手上的伤也觉得不痛了，又到儿童游乐园玩了一会儿才回家。

丁丁一回家，就被爸爸叫住了："丁丁，你跑到哪儿去了，今天有好吃的，想等你回来总等不到，快点儿来吃吧。"丁丁朝厨房那边看了看，爸爸和两个朋友正就着一大碗汤在喝酒。丁丁走过去，立即有人给他盛了一碗汤。丁丁抬头一看，这不是那个红领带吗？红领带对他笑着说："今天的这一大碗汤呀，还真亏了你呀。"丁丁一惊，转身看了看桌子旁边的垃圾桶，垃圾桶里还有一堆白色的羽毛。丁丁一切都明白了。

"吃呀，丁丁，"爸爸说，"哟，你的手上怎么受伤了？今后出去玩得小心点儿。"

看着那一堆白色的羽毛，听着爸爸和红领带他们之间的谈笑，丁丁凝固了一般。

泪，从丁丁的眼里涌了出来。

性感的荷花

那一年，我刚接手一个新班级的语文教学。进班的第一节课是讲《荷塘月色》。这是朱自清先生的名篇，我教过好几次了的。我想，这堂课我正好可以和学生好好交流了。

我照样按自己的风格来设计教学：串读全文，感知结构美；精读美段，欣赏画面美；品读妙处，体验情感美。这种教学方法是我的强项，我相信学生也会喜欢。第二步"精读美段，欣赏画面美"中，有个环节是让学生自主发言，说出自己找到的"美"。

一个男生站起来说："我读'微风过处，送来缕缕清香，仿佛远处高楼上渺茫的歌声似的'这一句觉得很好。清香本来是属于嗅觉的，作者却将它转化成听觉上的渺茫的歌声，令人联想到若有若无、淡淡幽香、沁人心脾的清香，其间感觉的转移伴随着想象的跳跃。"

我点了点头，微笑着表示赞许。

　　一个女生接着站起来发言："我喜欢这几句话：叶子出水很高，像亭亭的舞女的裙。层层的叶子中间，零星地点缀着些白花，有袅娜地开着的，有羞涩地打着朵儿的；正如一粒粒的明珠，又如碧天里的星星，又如刚出浴的美人。这是写荷花，袅娜是她的形，羞涩是她的神。明珠，写出了她的光感；星星，写出了她的动感；美人，写出了她的美感。"

　　我惊叹了，想不到这个学生这样细腻，语言表达也很流畅。我正想表扬一下这个女生。一个声音冒了出来："还写出了她的性感。"

　　一听到"性感"这个词，同学们笑了。在学生眼里，也许这个词属于"少儿不宜"的。这个词很刺耳，我也感到这个词很棘手。

　　这个声音很大，是从教室的最后一排的角落里传出来的。我抬起头，循着声音看去，是一个男生，高高大大的，头发似乎没有梳。我正准备走过去，有个女生小声地说："老师，您讲您的课吧，他上课总是乱说话。"我停住了脚步，因为我不知这个男生还会说些什么，要是他继续说下去，说不定我和学生的这节见面课就上砸了，那我这个老师在学生面前还有什么面子呢？

　　停了一下，我还是走到了男生的课桌边，说："请站起来说吧。"男生就站了起来，个头比我还要高。但他没有说话。

　　"这样，你刚才不是说了自己的观点吗？你能具体分析分析吗？"我说。

　　男生捋了捋有些乱的头发，说："亭亭的舞女的裙，不性感吗？刚出浴的美人，不性感吗？"但他的声音却低了下来。他的表情有些紧张起来。我知道，这是一个不常发言的学生，有可能成绩和表现都比较差。

　　但我知道我得抓住这个教学机会。

"能告诉我你的姓名吗？"我问。

"王天成。"他说。

"王天成同学，你还能说得更详细吗？"我又说。

听了这话，他来劲了，声音也大了起来："亭亭的舞女的裙，是在写荷叶的外形，更写出了动感；刚出浴的美人，让人联想到美玉一般的洁净，有动有静……"

他分析得透彻细腻，我不由得赞道："文字里不是没有美啊，只要我们有一双发现美的眼睛，我们就会发现一处又一处的美。王天成同学就有一双发现美的眼睛啊。"

王天成满脸堆笑地坐了下来。

回到办公室，我查了查学生成绩，王天成确实很差。班主任刘老师看见了我，对我说："陈老师啊，班上学生的纪律还好吧？那个王天成该不会又在课上捣蛋吧？"我说："没有啊，这王天成怎么是个捣蛋的学生？"

"那你就不知道了，不管上什么课，他要么捣乱，要么就睡觉。"刘老师说。

这和我当时上课时猜想的王天成差不多少。我很庆幸自己刚在课堂上的表现。

以后的语文课，王天成成了一个发言积极的学生，而且，好多时候，他的观点另辟蹊径，很有个性，很是精彩。期末考试，他的语文成绩相当优秀。我又特意看了看他的其他成绩，也有了进步。

高考结果出来，王天成居然过了一类本科学校录取线。他高兴得跳了起来，他给我发了一则短消息：陈老师，我很高兴能考上一本学校，我会永远记得我说的"性感的荷花"，我更会记得您的语文课是"性感的语文课"……

我只想唱歌

学生就要高考了，我的心情有些沉重。孩子们十年寒窗苦读，再过一个月，不知道会是怎样的结果。我想，孩子们只要尽了自己的最大努力，也就没有遗憾了。这样想着，我的心也轻松起来。

有人一阵风似的走了进来，是学习委员小娟。"老师，王龙上课总是唱歌，我们根本没有办法学习，您看怎么处理一下？"小娟的样子很是气愤。

"啊？"我一惊，"王龙不是很爱学习的吗？"

"我也不知道，反正这一周来他就爱唱歌，什么歌都唱。"小娟说完回了教室。

我知道这件事不能马虎，一个学生不学习了还算是小事，要是影响了全班的学习，那可不得了了，那我的责任就真是大了。

我将王龙叫到了办公室："说，为什么上课时要唱歌？"我直截了当地问他。

"我上课唱歌了吗，老师？"王龙反问我。

"同学们反映你唱歌影响了他们的学习。"

"我没有唱，真的，老师，您看我明天是不是唱歌。我向您保证。"王龙很诚恳地说。听了这话，我就不好说什么了。

"好，我相信你。"我说。

第二天，正当我以为高枕无忧的时候，班上同学一下来了五个。他们一齐找到我说："老师，王龙上课真的太喜欢唱歌了，您管一管吧，不然，我们的高考就会打败仗的。"

这下我不得不相信王龙唱歌的事实了。等到我上课的时候，我就多用点儿心了。还好，我的课讲了一半，王龙没有唱歌。好家伙，下半节课刚开始自习，班上就响起了歌声："你的心情，现在好吗……"我一听，声音还有点儿大，真是从王龙口里发出来的。

我将王龙叫到了教室外面："王龙啊，这下让我给抓了现行吧，刚才不是你在唱歌？"

王龙一惊："老师，其实我真没觉得我在唱歌。"

"但是我分明听到了你的歌声。"我说。

"高考不过一个月的时间了啊，王龙同学，你的基础本来不错的，不要功亏一篑。你得沉住气，才可能获得最后的胜利。"我又说。

"老师，我错了。也许我真的在课堂上唱歌了。我有一个小小的请求，您能安排两个同学在上课前提醒我不要唱歌吗？"王龙向我提出了要求。这是一个很小的要求。我当时点头同意了。可是我心里不明白，明明在唱歌，为什么他自己没有感觉到呢？我心里想，王龙同学啊，千万不要再上课唱歌了。

谁知，这事才过两天，却出了更大的事。那天深夜，学生全进入了梦乡，校园里一片寂静。突然，有歌声从学生宿舍里传出："亲爱的爸爸妈妈，你们好吗……"唱歌者当时就被寝室管理员给揪了出来，正是王龙。

"为什么要唱歌？你说！"寝室管理员厉声问道。毕竟这件事闹大了。

"我要唱歌！我要唱歌！"王龙大声回答，对询问他的管理员丝毫没有畏惧感。我是班主任，当晚被请到了现场。

"为什么要唱歌，王龙？"我轻声问。

"我要唱歌。"王龙的声音仍然很大，"我想我的爸爸妈妈，他们上个月离婚了，我要唱歌，我只想唱歌，我唱歌就可以忘掉我心中的忧伤……"

在场的人都不说话了。只听到王龙一声接一声地抽泣。

第二天上课时，我在黑板上写下"王龙演唱会"五个大字。王龙走上讲台，唱起了歌。没有话筒，他仍然一首接一首地唱。《世上只有妈妈好》《听妈妈的话》《父亲》《我想有个家》……全是与爸爸妈妈和家有关的。同学们牵起王龙的手，和他一起唱。教室的后面，我请来了男女两位嘉宾。男的是王龙的爸爸，女的是王龙的妈妈。

王龙上课不再唱歌。

高考后，王龙拿到了重点大学的录取通知书，打电话给我大声地说："老师，我想为你唱支歌……"

进我家喝水的叔叔

一进楼梯口，丁丁就看见一个黑衣人拿着钳子、刀具在敲打着他家的房门。丁丁还不到七岁，刚上小学一年级。奶奶刚把他从学校接回来，就继续和她的老伙伴们拉家常去了，丁丁只好先上楼。

"叔叔，你想要点儿什么东西呢？"丁丁问。

黑衣人停住了手中的动作，看见是个小孩儿，忙说："叔叔口渴了，想喝点儿水。"

"我手里有钥匙，我来替你开门吧。"丁丁高兴起来了。这是做好事呢，老师明天肯定会奖我大红花的，丁丁想。

丁丁开了门，忙着去倒水。黑衣人看了看家里的陈设，彩电、冰箱、空调一应俱全，心里一阵窃喜。

"叔叔，喝水。"丁丁说。黑衣人接过丁丁递过的一杯水，忙问："告诉叔叔，你家中还有些什么人呀？"

"有我，我爸我妈，还有奶奶。"丁丁说。黑衣人心里一惊。"不过，现在家里只有奶奶和我。我妈早就不在家里了，她不要我爸了，因为我爸关被进了铁丝网里。"丁丁又说。

"哪里的铁丝网？"黑衣人问。

"好高好高的铁丝网，还有拿枪的叔叔看着他，不让他出来。"

"你爸爸为什么关了进去？"

"听奶奶说是因为他不听话，我又听隔壁的小玉姐说我爸是偷了人家的东西。不过，他只关三年，只差一个月他就能回家了。到时候，我就有爸爸了，有了爸爸，我也就有妈妈了。"丁丁高兴地叫着，不停地跳着。黑衣人怔住了。丁丁两眼对着他忽闪忽闪地眨着，突然问道："叔叔，你家有小弟弟吗？"

"有……有。"黑衣人语无伦次地说，"我家里还有两个比你小的弟弟……我就要回去了。"

黑衣人慌忙地走出了门。丁丁又追了出来："叔叔，你的东西。"说着，递给他那把钳子。

才下楼来，黑衣人将钳子重重地扔进了垃圾箱。

第二天早上，奶奶送丁丁上学，路过街角拐弯处，发现多了个修理自行车的小摊。丁丁指着摊主告诉奶奶："奶奶，这个补胎的叔叔昨天到我们家喝过水呢。"

一块玻璃值多少钱

早晨，四年二班班主任孔老师一进教室，就被同学们叽叽喳喳地围着报告："教室后面朝外的一块窗户玻璃破了。"

"好的，我知道了。"孔老师说。孩子们便散到了座位上开始读书，像什么也没有发生一样。紧靠破窗户坐的是王小明同学，他嘟着嘴巴。

"王小明，不要紧的，快夏天了，窗户没玻璃还凉快点儿呀。"孔老师安慰王小明。

可是，在上午上最后一节课的时候，王小明却噘起了嘴巴。原来，有苍蝇从破窗户里飞了进来，歇在王小明的书本上，时而飞来飞去和他逗趣呢。窗外不远处，是学校的一个垃圾堆。

好不容易挨到下午放学，噘着嘴的王小明回家把这事告诉了妈妈。妈妈立刻给爸爸安排工作："你拿一条烟去一趟孔老师家，让他明儿把小明的座位换一换。"

第二天第一节课,王小明和李飞换了座位。和苍蝇做一天朋友的李飞下午回家把这事说给了爸爸听,在市财政局做局长的爸爸把电话打给了学校的张校长,张校长给孔老师下命令:"把李飞的座位换一换。"

这样,第三天时,李娟坐到了破窗户旁,李娟哭哭啼啼地跑回家,心疼孙女的爷爷立刻提着两瓶酒到孔老师家拜访。

第四天,张平的妈妈买了水果去了趟孔老师家。

第五天,王丽的爸爸挟着"脑白金"上门拜访孔老师。

……

等到下周的时候,全班五十四名学生竟然有三十三名家长用不同方式找了孔老师,希望家里的孩子不要坐在那扇破窗户旁。

可是,吴一坐在那地方的时候,窗户却安上了一块明亮的玻璃。"是谁安上去的?"孔老师问。

"是我。我花一元二角划了块玻璃安上的。"吴一轻轻地说。

下午学校放学后,孔老师留下四年二班的学生召开"一块玻璃值多少钱"的主题班会。同学们不知孔老师葫芦里卖的是啥药,等到孔老师打开两个大盒子时才恍然大悟。两个大盒子里装着满满的礼品,有烟有酒有水果,每件礼品上写着一个学生的名字。

"同学们,一块玻璃价值不小哩,这些就是它的价值。"孔老师指着两个大盒子说,"换成钱的话值三千元左右吧,还要加上几个当官的家长使用权力的价值。可是它实际的价值是多少?请吴一同学说说。"

"一元二角。"一个响亮的声音响起。

"一元二角只是表面的。我们要知道,一个人的成长过程中不可能不会遇到玻璃窗破了的时候,这时,不要只是靠爸妈、靠金钱和权力来解决。更重要的是靠自己,靠自己有时真的很简单。"孔老师又说。

孔老师按名字将礼品发给了学生,同学们提着礼品准备回家后和爸爸妈妈说说这一块玻璃值多少钱哩。

和狗的一场战斗

刚从师范毕业的时候，我被分到了一个乡村小学任教。白天上几节课，晚上就在小学校里住校。同我一起住校的还有大兵和春子，和我一样，都是刚毕业不久没有女朋友的光棍老师。

我们仨把学校的一间小房当作厨房，轮流买菜做饭，过得倒也优哉游哉。可是接连几天，我们买回来做菜的肉一放在厨房就不见了。我们正怀疑是有学生拿走时，小学校的校长对我们说："我这几天常看见一只黄狗在校园里跑来跑去，也许是它偷吃了吧。"我们都见过那条黄狗，瘦瘦的，却很有精神。于是我们立即去找那只黄狗，准备找它算账。

在校园的墙角，我们看到了两只狗。正在吃着肉块的是只黑狗。那只黄狗蹲坐在旁边，安闲得很。哦，原来这黄狗黑狗是一对情侣哩。单身的我们满怀醋意地投过去几块砖头，没有打中它们，黄狗带着黑狗从一个狗洞里钻出去了。我们看着黑狗没吃完的半块肉，都愤怒不已。我捡起那半块肉，得意地拿回了我们的小厨房，我要用这半块肉来"钓"狗。

果然，下午最后一节课时，那只黄狗溜进了厨房。它正准备叼起那半块肉时，门"嚓"地被我们关上了。"关门打狗"的战役打响了。我们每人拿一根木棍，朝那狗拼命地挥去。谁想，我们打得越急，那狗叫得越厉害。它猛然一跳，竟然破窗而出。我们只有无奈地放下手中的木棍，惊奇地看着黄狗扬长而去。

"总有一天会抓到你的，让我饱饱地吃上一顿狗肉。"春子愤愤地说。

第二天，我和春子上完了课，正在校门口闲聊。忽然，那黄狗又进入了我们的视线，在马路的对面，它衔着根骨头，向学校这边跑来。它急匆匆地过马路，和一辆快速奔驰的汽车碰了个正着。汽车疾驰而去，大黄狗倒在了马路上。

"嘿，得来全不费功夫哩。"春子叫道。

但那黄狗猛然一跃而起，又衔起不远处的骨头，哧溜钻进了校园。我们两人惊愕不已，这狗的命可真大哩。我们紧跟着追进了校园。在校园的墙角，只见黄狗将骨头转交给了那只黑狗后，自己却倏地倒在了地上。我们又拿起砖头去砸，黑狗愤怒地叫了两声，极不情愿地从狗洞跑出了校园。我们走近去看黄狗，黄狗已经死了，眼睛也闭上了。它的头部一片鲜红。"肯定是刚才汽车撞的。"我说。我不明白为什么黄狗有这样一股力量，在临死之前，居然也能将骨头衔到黑狗这里。

黄狗的死为我们仨带来了丰盛的晚餐。我高兴地举杯，庆祝着我们不费一枪一弹的胜利。

我们的小厨房再没有丢过肉。

可是，才过几天，大兵气冲冲地跑来说："不得了了，你们快去看，那只黑狗带着四只小狗在校园里游荡哩。"我们猛然醒悟，原来黄狗的付出，不只是为了黑狗，更是为了它的下一代呀。过了一会儿，有学生哭哭啼啼地跑进办公室来找我们："老师，那黑狗在我们手中抢东西吃。"

我们到操场去看，黑狗正盯着孩子们手中的食物，准备伺机而上。这会儿，大兵悄悄去捉了只小狗，放进了他的寝室。刚关上门转身，黑狗撕心裂肺地叫着。大兵想跑，黑狗紧追不舍。我们拿着木棍去帮大兵解围，黑狗却也不甘示弱，倒迎了上来。大兵走到哪儿，黑狗就狂吠着跟到哪儿。没有办法，大兵只有打开了房门。黑狗冲了进去，叼走了那只小狗。

第二天上午第二节课下课时，有学生惊慌地跑来："老师，红儿被抢食的黑狗咬了……"红儿是村支书的女儿。

"这还了得？你们仨立即将这狗灭了。"快五十岁的校长对我们发出了命令。

我们立即拿了木棍去找黑狗。院墙外的墙根，居然有个像样的狗窝，黑狗吃着食物，四只小狗吃着黑狗的奶。我想拿木棍去打，被春子叫住："不行，这样是抓不住黑狗的，听我的……"

一会儿，黑狗从狗洞里进入校园，刚伸出头，就被狗洞边的铁丝套紧紧地套住了。这是春子的发明哩。黑狗越是挣扎，铁丝圈就越紧。听到黑狗的叫声，院外的小狗们也叫了起来。几分钟后，我们看着黑狗痛苦地死去。它死的样子很惨，瞪着两个大眼珠，看着我们。

大兵忙着去围墙外捉小狗，四只小狗全倒在地上，舌头都掉了出来，一摸，刚刚死去。原来，小狗们已经咬舌自尽了。

我们仨都懵了。

"埋了吧。"我轻轻地说。

我们就在墙根处挖了个小坑，将黑狗连同四只小狗放了进去。我们仨匆匆掩上黄土，一声不响地离开了。

直到现在，我都没有吃过狗肉。在我的脑海，常常有只黄狗被撞后一跃而起的镜头闪现；在我心里，时时有只黑狗用那对圆眼珠瞪着我。

遇到狗时，我觉得，它们不只是狗。

标　　签

　　那一年刚开学，高二（3）班的班主任吴老师就请了两个月的事假，让林老师来临时代班。

　　林老师很高兴，教师最喜欢做班主任了，可以多和自己的学生交流，真正体会到教育的幸福。做了十多年的老师了，他才做过两年的班主任。那天上课时，像个孩子一样，他满心喜悦地走进教室。他和学生们一起商量着怎样管理好班级。林老师知道，只有充分了解学生之后才会更好地管理学生。

　　一个月下来，还算是得心应手，学生们喜欢他，家长们欢迎他，都说他是个好老师。他更高兴了，自己的努力总算没有白费。学校的流动红旗在他的高二（3）班里飘扬。就在得到流动红旗的那天，曾经带过这班的肖老师将他拉到了一边，小声地说："林老师，你还是得注意点儿啊，你班上的文卉同学，她心理上有点儿小问题，得注意着，她高一时的班主任周老师硬是管不住她，有好几次，她差点儿出了问题了……"林老师听到这话一惊。

第二天，林老师问了问班长。班长说："是啊，文卉同学心理上应该有点儿问题，要不然，她为什么每周都要去见一次心理医生呢？"

他吸了一口凉气，心想，要是没有肖老师的提醒，怕是真要出事。

当天放学的时候，他将文卉同学留了下来。他仔细地看了看她，是个白净腼腆的戴眼镜女生。他说："文卉同学，你知道我找你有什么事吗？"面前的女生低了下头，小声地回答："我知道，我的心理上有问题，您肯定是要找我谈这个问题。"

"你知道你心理上有问题就好，"他说，"以后，我会时不时地找你说说心理方面的问题。"然后，林老师为文卉同学讲了很多心理学方面的知识。文卉有时点点头，有时又不知在想些什么。

再次找到文卉同学来谈话时，林老师带来了不少的心理学方面的书。他说："你看看这几本书吧，应该对你有帮助。"文卉不知所措地点着头。

林老师很高兴，他想，用不了几次，文卉同学心理上的问题肯定会消失得无影无踪。他还看见文卉同学很认真地看着他带给她的书，还做了不少的笔记。可是，就在第二天，在他上课时，文卉同学猛地站起来，用力地将自己的课桌敲个不停。他知道这是她的心理出现问题的表现。他忙着将她送回了家。晚上，下了自习，他还想着文卉同学，不知她现在状态好些了没有。林老师骑着自行车来到了文卉同学的家，他想他应该去说些安慰的话。文卉的爸妈也感激不已，连声说着"谢谢林老师"。

回到自己家中时，已经是深夜了。他就不明白，他这样留心文卉同学，尽可能地对她进行心理辅导，可是为什么没有效果呢？他计划着下一步是不是应该请个心理专家，和心理专家共同商讨一下这事才好。

正在他一筹莫展时，请假归来的吴老师上班了，林老师也回到了自己的班级，去忙他的教学任务。

两个月后，林老师想起了高二（3）班的文卉同学，就想找吴老师问问。吴老师是化学教师，林老师在化学实验室里找到了他，他手中正摆弄着几种化学试剂。林老师问："您班上的文卉同学近来怎么样啊，还在上学没有？她可是心理上有问题的，我替您代班那阵子可真没有办法。"吴老师皱了下眉头，说："你说的是文卉同学？"

他点了点头，说："是啊，您常找她谈心理问题吧，效果怎么样？"吴老师倒惊讶了："文卉？很好啊，她根本没有心理问题的，不信，你去看看，活泼得很，这次考试，还得了个全班第三的好成绩。我也从来没有找她谈过心理方面的问题。"

林老师就更迷惑了："怎么会这样呢？不可能吧。不少同学说过，肖老师也说过，她明明是有心理问题的学生啊。"

吴老师笑了笑，他拿过一个贴有"酒精"标签的玻璃瓶，问他："你说这是一瓶什么东西？"

"酒精啊，这上面写得清清楚楚。"林老师回答。

"可是，这分明是一瓶纯净水。也不知道是谁粗心大意给它贴上了酒精的标签……"吴老师意味深长地笑着说。

光头美丽

美国西雅图东部一所学校的八年级教室里，物理教师第尔上课时没有讲授电磁感应现象，却滔滔不绝地讲起了光头："孩子们，你们剃过光头吗？光头其实是很美丽的，凉爽宜人，看起来也干净，可以免去每天梳洗的麻烦，可以消除心中的烦恼。如果上点儿头油，要多亮有多亮。如果再戴上顶帽子，多酷呀……"

"那我们去剃成光头吧。"坐在最后边的男生史蒂文叫道。他一个人坐在最后一排，旁边的桌子空空的，他的同桌女生凯特已经有十多天没有来学校上课了。

"史蒂文的主意不错。孩子们，今天放学时咱们开始行动吧。"第尔老师笑着说道。

第二天，剃了光头的第尔老师一走进教室，就受到了孩子们的掌声欢迎。第尔一看，已经剃了光头的孩子除了史蒂文，还有五个男生和两个女生。其他的孩子们围着光头的同学们，仔仔细细地看了又看，心中羡慕不已。

第三天，第尔老师走进教室时，感觉教室里特别亮堂——三十四个孩子都已经剃成了光头。

"要是凯特来学校上课，也剃成光头，该多好啊。"最爱学习的小个子女生露茜小声地说。"是的呀，凯特已经十九天没来上课了呢。"马上有孩子附和着说。

第四天第一节课，第尔老师在黑板上刚写下"光头美丽"几个字，教室门口传来了一个清脆的声音："先生，我能进来吗？"

是凯特。

也是一个闪亮的光头！

"哇！"孩子们叫了起来，大喊着凯特的名字。凯特向同学们挥手打招呼，走上座位时，眼睛里早已满含泪水。

"孩子们，这一堂课的主题就叫'光头美丽'。记住，在这所学校有一个美丽的八年级，有三十五个美丽的孩子，还有一个美丽的第尔老师……下面请这次活动的组织者史蒂文同学讲话。"第尔充满激情地说。

史蒂文缓缓地站了起来，说："我们亲爱的同学凯特，二十多天前被确诊为白血病。她请了假去治病，但是这种病得化疗，化疗就必须剃成光头。我们可以想一下，凯特治病要承受多大的痛苦啊，可是，她挺住了。她剃成光头，走进学校走进教室时又要承受多大的心理压力呀？于是，在第尔老师的建议下，我，还有罗斯、约翰逊、杰克等六个同学就想到了能不能我们每个人都剃成光头呢……"

不等史蒂文说完，教室里已经响起了整齐的叫喊声："光头美丽，光头美丽。"

阳光爬满每一天的窗子

秋日的阳光，爬满了窗子，暖烘烘的。

玮懒得坐起，他来这里住院已经一周了，他的精神如雪崩般塌陷。他无法面对现实——白血病，这是经常在电视剧中看到的那种病，为什么会降临到我头上，他常常这样问自己。

"小玮，又该化疗了。"王医生走过来，和蔼地对他说。

"我不！我不！"他大声反抗。有人越是和蔼，他便越有一种逆反心理。父母为治疗这病已负债累累。他曾想死，一死了之，但这样做也许父母更痛苦。他常强忍着疼痛，显得十分坚强。"我是初三年级的学生了，是个男子汉了！"他在心里说。

他想初三（3）班的老师和同学，他常常拿出纸和笔，散漫地涂画着她们的名字。他想回到他们中间去。"我不能这样活。"他大声喊叫。纸和笔撒了一地。"我不能这样活，我要读书……"

邻床邻房的病人们不约而同地走到跟前，劝慰他，帮他捡起纸和笔。

又一个阳光爬满窗子的日子，玮不再喧嚷，因为他收到了一封信："我们都记着你，多么希望你能回来读书。你要养好病，不要急躁。急躁了什么事都可能出现。你应该知道怎样面对现实。要冷静，要充满信心地和病魔做斗争！……另外，不要回信，把自己的感受写在日记本上吧。"落款是初三（3）班全体同学。

他的心里升起了一轮朝阳，立即在日记本的扉页上画了个大大的笑脸。是的，要和病魔斗争。他在心里大声说。

每天，秋日阳光爬上窗子的时候，玮便醒了。他期待着，期待着一封信的到来。每天上午九点左右，一封封信常常如神灵般地飘到玮的手上。信，成了玮的兴奋剂。"比化疗效果还好哩，小玮比以前精神多了。"憨厚的玮父笑开了脸。为了玮，他已背上了一座债山。为了玮，他宁可牺牲自己的生命。

"你要学会与病魔斗争，你已是一个挺棒的男子汉了……"

"我们初三（3）班在校运动会上拿了冠军。王小林、张平的一千五百米还破了纪录呢……还有吴琴的作文在市里获奖了呢……"

他读着来信，如食兴奋剂一般。"这小个子张平怎么一千五百米破了纪录呢？他以前跑不过我呢。"他急着说给同房的病友们听。病友们都笑着。左床的是个"骨坏死"的小女孩儿，右床是个大爷。小女孩儿只会怔怔地看着他，老大爷却总是笑呵呵的。老大爷像没有什么病哩，每天都是笑脸，只是脸色有点儿难看罢了。他常常说笑话逗玮开心。不过，他每天总会花时间在一个笔记本上写着点儿什么，挺神秘的样子。

玮知道自己的生命还有希望，因为他知道只要找到和自己相同的骨髓，他的病就会痊愈。两个多月了，每天他透过窗户看着冉冉升起的朝阳，内心都充满着生的希望。

"真是天大的好消息，小玮，在广州找到了和你相同的骨髓，明天就可以为你植入骨髓了……"三医生说。

"谢谢您。"玮说。他得好好休息，明天上手术台。"上手术台并不可怕，比得上上战场吗？这是你又一次生命的开始……"来信上这样说，像是为玮打气，玮顿时精神百倍。"是的，这就是我又一次生命的开始。"可玮又纳闷了："我也才知道这个消息，咋班上同学也知道了呢？还有，这寄来的好多信没贴邮票，就算是同学送来的吧，为什么不进我病房呢？还有，这来信字迹是谁的呢，是王小林的？不像，是吴琴的？也不是……"

手术很顺利，三个多小时就完成了，玮没有丝毫的畏惧，更没有流一滴眼泪。玮苏醒过来的时候，已经是第二天。他睁开眼，发觉病房里少了点儿什么，因为他没有听见右床大爷那爽朗的笑声。

"大爷。"玮喊。

"大爷走了。"玮父过来说，并递过一封信，"这是大爷留给你的。"

小玮：

你好！

明天你就要上手术台了，你是个坚强的孩子，相信你能挺住。明天过了，你就成了一个崭新的自己。你应该从笔迹上看得出，我就是那个冒充你同学给你写信的人。你刚进病房时很烦恼，我知道你烦恼的原因，你认为自己的病是不治之症，又体谅自己的父母。我从你甩落的笔记本上看到了你班上几个同学的名字，于是想着用他们的姓名给你写写信，希望你能挺起人生的脊梁。信中的好多事其实是我胡编的哩。要问我是谁，我是一个军人，上过抗美援朝战场。我虽然是骨癌晚期，但我对自己有信心，我坚信我的生命能坚持到你上手术台的那一天。我很庆幸我居然又活了这么长的时间。我走了，去了幸福的天堂……

阳光，爬满了窗子。玮的眼泪涌出来了，一缕阳光正照在眼泪上，亮晶晶的，暖烘烘的。

最美的天使

我在小学做四年级班主任的那年，学校每学期都要在班上评选一名"最美的天使"。那几天，我正在为这事发愁，因为在我眼里，孩子们都是美丽的，我无法选出谁是班上最美丽的天使。

正为这事烦着，又来了件心烦的事。班上从外地转来了一名新学生。一个小男生，他叫朱臣。他长得黑瘦，一双小手黑黑的，样子总是有些怯怯的，有些怕人。进班了，他也极少和同学交流。我是班主任，见了我他也不打招呼。班上来了这样的小男生，他不闹点儿事才怪。不过，我又看了看他，小男生的两只黑眼珠倒很是灵动，骨碌碌地转，让人觉得他还有些生气。

"老师啊，这孩子有些调皮，学习上也不是很自觉。以后还请老师多多关心啊……"他妈妈送他来学校的，生怕孩子在学校不习惯，临走时连连对我说。我连忙不住地点头。其实，好多刚转来的学生都是这个样子，不好动，自个儿玩，但过了一些日子，他就自然而然地变得活泼了。

过了一个多星期，我发觉，朱臣还是老样子，他不和同学来往，说话也很少。这孩子到底怎么了呢？我在心里想。我又想，过些日子再说吧，说不定他会变的。快十岁的孩子了，还像幼儿园的小朋友？但我还是想和他谈谈。当天下午，我找到了朱臣，从他的优点说起，说他守纪，说他爱清洁，说他有集体荣誉感，动用我的三寸不烂之舌和他谈心，可是，他说话很少，常常是点下头，或者最多"嗯"一声，让我觉得真不是滋味。看来这孩子真是难教了，我心里想。

接下来是一次随堂测试，朱臣的成绩排在班上最后一名。虽然我不是以成绩论学生的一个教师，但又想起朱臣进班来的表现，想起我作为老师为他的付出，我心里有些不舒服。

我不和朱臣多说话，因为说了也好像是白说。但我还是用了很多的时间来观察他，特意将他的座位调到了第一排。还真大有收获，我发现，朱臣虽然上课时不大用心，但下课时间他很喜欢用纸折"爱心"。纸是黄黄的那种纸，比作业本上的纸要硬一些。他不停地折，好像总是折不完似的。我细细地看过他折的"爱心"，很是精致。特别是那心形凹下去的部分，是朱臣用小刀小心地刻成的，比专业工具做得还要好。可是，有一次上数学课时，朱臣居然折"爱心"，被老师当场抓住。数学老师将他交给了我，朱臣见了我，也不害怕，一副等着我来重重处罚他的样子。我没有发怒，只是轻轻地问他："为什么要折这种东西啊？"

他低着头，仍然不作声。我真生气了，说："你再不作声那我也管不好你了，也就只能让你转班了……"我话音未落，朱臣开口了："老师，不要让我转班。"他用一双乞求的眼睛看着我。

"那为什么要折啊，朱臣？"我又问。

朱臣顿了一下，小声地说："老师，我能不说吗？"

"不说不行！"我大声地说。因为，我还看到，教室里的窗户玻璃上也贴上了朱臣折的"爱心"。

"老师，您认为玻璃上的'爱心'不漂亮吗？"谁知，朱臣反问我。我又看了看玻璃上的"爱心"，这不分明是乱粘贴吗？"你乱粘贴，破坏教室的美观。"我反驳他。我还想着将他转出班去。在当时的学校，大家都一心想着升学率，品德不好成绩差的学生一般的班级是不要的。

"老师，我向你保证，明天之后，后天开始，我不再折'爱心'了。"看到我真生气了，朱臣主动和我说话。

"不行，从今天开始，你就不能折了。"我斩钉截铁地说。

没想到，朱臣哭了起来："老师，一进到这个班我就数了的，我们班上的学生和老师一共有五十九人，我想送给每个人一个'爱心'，我只差六个'爱心'了，就让我再做一天吧……我爱这个班级……也许，过几天我爸爸妈妈又要离开这座小城到另外的地方打工，我就再也见不到你们了……"

我一惊，怔在了那儿。原来，他是我们最美的天使。

辑二／和喜

他用食指对着那蛋糕上的奶油只一刮，奶油便滑进了他的口中。我们哈哈大笑，他也哈哈大笑起来。

老　　侯

老侯不老，刚刚四十出头。

许是秃头的原因，乍看上去，老侯的年纪得有五十挂零了。老侯粗短的身材，一年四季裹着深黑的衣服，当然，在秋冬时节偶尔会系上根鲜红的领带。他宽宽的额头下闪着一对灵动的黑眼珠，眼珠上写着老侯的不俗。他脸上总是漾着浅浅的笑，笑得深了，就有小小的酒窝，如婴孩般可爱。一支烟总是被老侯魔法般吸在身上，不是挂在厚厚的双唇上，就是拈在粗粗的右手食指与中指之间。

"老侯的笑声里总是冒着呛人的烟味哩。"好多认识老侯的人都说。老侯是学校语文组的老师，我的同事。

认识老侯的人都叫他"侯哥"，和孙大圣"猴哥"同音。于是，理所当然地，学校里男女老少，异口同声地称他为"猴哥"。猴哥，当年西天取经小组的大师兄哩。大师兄也确实不是浪得虚名。十多年前，在省城的一次骨干教师培训会上，我遇到老侯，我以为他和我一样去参加培训的，谁想他竟一屁股坐到了主席台上，口若悬河般讲起了语文教学。培训会上的资料，就是老侯发表在国家级重点期刊上的论文。

可是，想不到，几年之后他和我先后调进了县一中，更想不到的是，这个老侯居然喜欢打架。那是我和老侯在县一中的第一次见面。办公室里，老师们为试卷上的一道选择题争论不休。争来争去，老侯和一个年轻老师竟动起了拳头，两人一起滚到了地上，好在上课铃声及时地响起。老侯爬了起来，拍拍身上的灰土，拿起课本，一溜烟地进了教室。第二天，老侯拉着那年轻老师叫道："哎，打乒乓球去吧，咱俩一决雌雄。"

老侯嗜烟，但又舍不得抽好烟。偶尔有了一包价格贵一点儿的烟，他就会拿到小卖店去换三四包便宜烟。"这节约了不少哩。"老侯笑呵呵地说，"要是没有这烟啊，我的那些文字怎么能整出来？"学校教职工大会上，老侯的身边照样是烟雾缭绕，领导的发言说到一半，他递出张纸条：

一梦红楼幻且真，炎凉写尽著奇文。

珠玑字字见真意，一节一读一怆然。

想不到这是老侯写诗的好时机哩。平时课上完了，老侯也会点燃一支烟，写上首诗，写完了传给同事们看。他自个儿将脱了鞋的脚放在办公桌上，洋洋得意地抖起来。仔细再看，他抖动的双脚上的袜子，分明有几个破窟窿。

"校长来了。"有人喊道。

老侯慌忙拿下了双脚，塞进那双似乎几个月没有擦过的皮鞋里。一看，校长没来，得知是有人故意开玩笑，老侯便扯开了嗓子："上个月校长和我一同去省城，说有机会提拔我，我说你比我大一岁，我要你提拔个屁……"大家正想着听下去，却没有了声音。一会儿，有浑厚的男中音响了起来："长亭外，古道边，芳草碧连天……"老侯唱起了歌，于是有人开始收钱："老侯卖唱了，老侯卖唱了。"大伙儿笑嘻嘻地递过几张毛票，放学时就有了路边小店的一顿饱餐。

老侯读过不少的书，现在也读。高深莫测的《庄子》，他居然能背诵十多个篇章。校园里常常有人大声地诵读文言文，只闻其声不见其人，那一定是住在学校里的老侯。好读书的老侯也写书，他居然编了本《中学汉语教程》，让高考学子好生钦佩。我一见到这本书，就想，这真出自于那个好打架的老侯之手吗？

去年下雪天，有人拿气枪在校园打鸟，老侯冲了过去，大叫："不准打鸟！"那人回道："老子打鸟关你屁事？小心老子打人。"老侯挺了挺不高的身躯，拍了拍胸脯："来吧，朝我这儿打。"打鸟人看这架势，慌忙退出了校园。下午语文组老师聚餐，正好有人点了卤鸟这个菜。菜才端上桌，老侯用手抓过一只鸟就往嘴边送，我按住了他的手："上午不是劝人莫打鸟吗？"老侯轻声说："哎哟，君子远庖厨嘛，主张不打鸟是对的，但有人打了，吃还是要吃的呀……"一会儿，老师相互敬酒，老侯只是舔一舔。突然，一位女老师站起来敬酒，说："侯哥，为你上午的勇气，敬你一杯酒，你慢点儿喝哟。"谁知老侯端起酒杯，一仰脖子，喝了个底朝天，脸上一片绯红。

去年年底，老侯买了新房子，搬出了校园。住新房是要请客的，但老侯一直不请，说："我买了房子没钱买家具，请什么客啊？"谁想，昨天他身上背了个背包来上课，背包里是一台手提电脑，一万多元呷。

这个老侯！

和　　喜

　　和喜不姓和，姓张。当人们对一个人的喜欢到了一定程度的时候，就会简化他的姓名，三个字变成两个字，甚至一个字。和喜就是大家都喜欢的人。

　　但和喜不是一个公众人物，他是我的同事，一个语文教师。同事见了他，叫他"和喜"；领导见了他，叫他"和喜"。年龄比他小近二十岁的人也叫他"和喜"，他一点儿也不恼。时间长了，学生也不叫他张老师，好多学生到了毕业时．还一个劲地叫他"和老师"。他呢，总是笑嘻嘻地回答。

　　笑，成了和喜的名片。笑声还没有传开来，他的神情旦就是笑的样子了，不大的双眼用力地张开，脸上的几缕皱纹也没了踪影。我很疑惑，怎么人家笑的时候，皱纹是越陷越深，他却是将皱纹"消化吸收"了。他下巴上有一撮毛，我说："这胡须不是胡须，头发不像头发的东西，将它铲除算了。"他的笑容就没有了："莫谈这事，这撮毛就是我和喜的标志。再说，身体发肤，受之父母，能随意去掉吗？"

我和他共事几年了，从来没有看到和喜的衣服穿得整齐。刚毕业那会儿，他还穿着大学的校服。周末放假了，衣物要带回家里去，他不知在哪儿捡到一个蛇皮袋，将杂七杂八的物品一股脑儿往里装，然后，背着袋子，和学生一道挤车回家。有次他这样走在大街上，被城管发现了，以为是个捡垃圾兼乱拿东西的惯犯，被人撵了好几里路。到了要谈女朋友的年龄了，和喜先后买过几次新衣服。人家介绍一个女朋友，他就买一次衣服。后来衣服买了一大堆，女朋友没谈成一个。有人问起原因，和喜只说是介绍人工作没做好。有个介绍人就生气了："约会都是我替你联系好的，难道还要我将她哄到床头了再来叫你？那我也用不着叫你了……"和喜听了也不驳斥，只是欣赏着他的一件又一件的衣服。他穿衣常是一周换一套，但是换下的那套也是不洗的。等到了下一周，就穿上先前换下的那套。到了两三个月后，几乎每件衣服的胸口和袖口，都是油光闪亮的，可当作镜子，照出人的影子。后来，终于有人介绍个女朋友，女朋友先不和和喜说什么，倒替他洗起脏衣服来。和喜一看，有戏了，这人后来就成了他的妻子。

有了妻子，就有了儿子。儿子的出生并不顺畅。出生就得办准生证，但和喜说："我一生只生一个娃，还办什么证件？"学校工会找到他，非得让他的妻子去引产，他这下急了，连忙让妻子到乡下老家躲藏了一阵子，儿子终于出生了。和喜觉得不顺心，干脆纪念下，给儿子取名"卡卡"，意思是儿子出生时被卡住了。

和喜最好的朋友是学校的刘校长，这话一点儿不假。刘校长还不是校长时，和他先后分配到这所学校工作，他们在一个办公室办公。和喜喜欢下围棋，一次上班路上，他看见有人下围棋，不由得停住了脚步，既帮着黑方下，也帮着白方下。不想这样度过了一下午。和喜下午的两节课，自然也就是学生的自习课了。刘校长也喜欢下围棋。志趣相投的两人下围棋，一下就是一整夜。后来，刘校长成了校长，提拔了不少的干部，但就是没有提拔和喜。和喜一点儿也不生气，刘校长叫他来下围棋，他照样下个不停。刘校长想要悔棋，被和喜双手按住："坚决不行！"等到上课铃声响起，和喜也不动身，刘校长就急了："还不上课去？"和喜就说："一盘棋，不下完怎么能行？"刘校长心不在焉，三下两下，惨败收场，和喜哈哈大笑。下午打篮球，防守刘校长的任务当属和喜。关键时刻，和喜双手将刘校长的腰团团围住，刘校长动弹不得，全场一片哄然。

和喜的脸上常年挂着笑。但常年挂着笑的和喜居然发了一次脾气。和喜参加工作快十年了，但总是在高一或者高二年级，从来没有教过高三毕业班。那次高二下学期，和喜的班级考试成绩不错，但暑假决定教高三年级的教师名单上又没有和喜。和喜二话没说，看见刘校长进了办公室，他也溜了进去，谁知他还带着一块大砖头，"砰"地砸在了刘校长的办公桌上："为什么我不能教高三？"他丢下了这句话，又如一阵风样地走出了校长办公室。结果是，和喜不但教了高三年级，还做了班主任。

那一年，和喜承包了学校的小卖部。因为学生可以自由出入学校，所以小卖部生意不是很好，眼看承包款都难以还上，和喜找到刘校长："我不承包了，要退！"刘校长不答应："你不是最不主张悔棋的吗？怎么了？"和喜就找学校领导一个一个地说，最后学校决定可以退，但只是退还仓库中库存的商品。和喜高兴不已，说："老刘啊，和你下棋我还是要悔棋的哟……"刘校长哭笑不得。第二天，学校到和喜仓库中去清理库存商品，一看，满满的一仓库。有人偷偷地说："昨晚啊，有辆大卡车从省城拉了一满车货来了的……"

和喜嗜吃，吃还要吃好的，像梁山好汉一般，吃大鱼大肉。平常在办公室，谁带来了零食，都不会忘了他，叫一声"和喜"，不到五秒，和喜就来到了跟前，好像之前和喜就知道似的。当然，面包是和喜的最爱。每每到餐馆吃饭，点菜的事当然是和喜自告奋勇地去做。菜上来了，全是大鱼大肉。看着和喜一副贪婪的样子，大家不由得也饶有兴趣地拿起了筷子。几年下来，和喜的身材更加粗壮了，搭配他一米五的身高，有人笑称他的三围为零，整个儿看起来，嘿，快成了个四方的身体了。

前天他生日，有人送来生日蛋糕，刚好他不在办公室。我去教室叫他，一看，他正趴在一张课桌上，几个学生围着，他憋得满脸通红，教语文的他正在给学生解数学题目呢。一听说有人送蛋糕，他就忙对学生说："明天再给你们讲吧，我有事哩。"到了办公室，他只看见了蛋糕，却没见刀具。他用食指对着那蛋糕上的奶油只一刮，奶油便滑进了他的口中。我们哈哈大笑，他也哈哈大笑起来。

黄　老　师

黄老师是我的老师。

那是县一中开学的第一天，我们急匆匆地往教室赶。偏偏，狭窄小道上，有个老头儿挡住了我们的去路。老头儿头发凌乱，黑厚的额头下戴着副厚厚的眼镜，一手托着个酱油瓶，一手捏着几张零钱，想是刚才上商店买酱油了。厚厚的眼镜片，厚厚的酱油瓶底，我们扑哧笑出了声。老头儿忙不迭地让开了路。几分钟后上课铃响，是语文课。进来个老头儿，居然就是刚才路上遇到的那老头儿。他的头发还是那样凌乱，如鸡窝一般，而且，他居然穿着双皮鞋却没有穿袜子。

这就是我们的黄老师，黄光熙老师。

没有严肃的上课仪式，黄老师开始讲课，讲的是朱自清先生的《绿》。黄老师眉飞色舞，口若悬河，唾沫星子时不时地溅在前排同学的课本上。他说朱先生笔下的"绿"呀，是任何人都描摹不了的，如果想描摹，一定是青蛙掉进了醋坛子，酸死了。我们哈哈大笑。

再来上课，他仍然是凌乱的鸡窝式头发，仍然穿皮鞋不穿袜子，但我们喜欢听他的课。我鬼使神差般地还成了语文科代表。一次送作业进他家时（那时教师在家里办公），他正蹲坐在小板凳上埋头洗衣服。好大的一盆子衣服，应该是一家人的吧。送了几次作业，我从没见过他的孩子们，也没见到他的爱人，倒在书桌上看到了他写的文章，字是端端正正的蝇头小楷，文是清清爽爽的哲理之文。我真怀疑是否出自他手。就在一张随意放置的《羊城晚报》上，我看到了一篇署名"黄光熙"的三千多字的散文《经年》。

临近期末，我又去送作业，他递给我一本书说："明天我就不能给你们上课了，送本书给你做个纪念。"书名叫《江城旧事》，书名下边赫然印着"黄光熙"三个字。

第二年的春天，我们走进校园，再次看到黄老师，他居然推着个小烟摊在校园里穿梭。于是，每天早上六七点、晚上八九点，伴着一阵阵的车轱辘声，我们就知道是黄老师的小烟摊出摊、收摊了。

他为什么不教我们了呢？我们疑惑。

毕业后的一个中午，我路过县汽车站，见一家小商铺挂着"黄老师烟摊"的招牌。会是我们的黄老师吗？我想。我探过头去，果然是他。他正埋头清理着一盒盒香烟。他的头发已经变成三七开发型，衬衫比以前干净多了。

我没有打扰他。同行的朋友说，这黄老师呀，烟生意赚票子哩，他讲诚信，从不卖假烟，吸烟的人都愿意在他这儿买烟的。

又过了五六年光景。我到县城办点儿事，在汽车站附近，却没有看到"黄老师烟摊"。我问了问隔壁门面的女人，她说："他的儿子不争气，弄了好几箱假烟来卖，他认为坏了他的招牌，早不卖烟了。再说，这老头儿也忙着结婚哩，前前后后结了八九次婚了，上个月又请了婚酒，我还送了人情的……"

前年九月，我调到县城一中工作，在一条小巷，看到一家"黄老师足道馆"的招牌。我心里一惊，莫不是我们的黄老师？我不由自主地走了进去。从一本足疗杂志后面露出了一张脸，正是黄老师，他正津津有味地看着杂志。

"来了。"他说，他居然还记得我。

"看看，我在足疗杂志上发表的足疗研究文章。"他又说，"今天我来为你做次足疗……"

"不了，我还得上班哩。"我说。

"在哪儿？"

"县一中。"

"做老师，做老师好哇……"黄老师说。我分明看到他厚厚的镜片后有团雾气似的。

董平柏老师

董平柏只是我的阅卷老师。20世纪80年代末，我在县一中读书那会儿，董平柏就在县一中做老师。但他没有给我上过课，每次的月考试卷上交后，老师们集体流水阅卷，他应该是阅过我的试卷的。

我们学生都认识董平柏，见到他的时候，他总是西装革履的。西装是深黑色的，大红的领带很是耀眼。只是衬衫不是那么洁白，灰不溜秋的，像狗肝的颜色。这让我们都记住了他。

我确实没见过他上讲台。我是语文科代表，常常进老师办公室送作业。我进办公室的当儿，好多老师都进教室上课去了，就只剩下了董平柏一个人伏在一个靠墙的桌上写着什么。我打报告进去的时候，他头也不抬地说一声"进来"。我问过班上的好多同学，董平柏老师为什么不上讲台讲课呢？知道根底的天平说，知道不，董平柏只是县水利学校毕业的，中专学历，能在这省级示范高中做老师吗？我们就都说，那肯定是不行的，得有大学本科学历才行。

我高中毕业后进了大学，一年暑假，我回到高中母校看望老师时，看见校门前的名师榜上有一张董平柏的大照片。想不到，董平柏成了名师了。照片上的他还是黑西服、红领带、灰衬衫，但衬衫明显干净得多了，那样子似乎更潇洒了。我正疑惑着，在学校旁的单身教师宿舍前见到了董平柏熟悉的身影。他们三口之家挤在那间单身宿舍里，房门没有关。正是中午，他的爱人和三四岁的女儿在床上睡午觉。房间里没有蚊帐，他就坐在床边，拿着一把芭蕉扇，替那母女俩扇着风，驱着蚊子。他空出的左手上，拿着一本线装书，就着昏暗的光线，他正在津津有味地看着书。隔壁的宿舍里，正在播放世界杯足球赛，不时地传来阵阵呐喊声。

大学毕业后，我回到了母校任教，和董平柏成了同事。我报到的当天，和他亲热地打招呼，不想他却不大理会。他正忙得满头是汗，拆卸了几台收录机，也不知他在鼓捣着什么玩意儿。第二天，他拉过我："欢迎你来啊，送你件礼物，是一台电视机哩。"我一看，就是他昨天鼓捣的玩意儿，一插上电，跳出了人影。这个董平柏老师，居然自个儿做了一台电视机。

他家的洗衣机坏了，会组装电视机的他居然不会修，请来了学校物理组的吴老师帮忙。吴老师一上完课就来了，饿着肚子拆卸、安装，忙了两个多小时，替他家修好了洗衣机。他呢，坐在一旁的小凳上，手中拿着一本《中医理论基础》，正钻研哩。吴老师说修好洗衣机了，他说："好，好。"又说，"你知道不？我家是中医世家，我能给你瞧病呢。"吴老师说要走，他拦住了："别，别，你替我修好了洗衣机，我得给你特别待遇。"吴老师心想，这下肯定会邀几个同事去餐馆撮一顿，就在一旁等。董平柏不紧不忙地搬了把椅子，让吴老师坐下。他又慢慢地用温水洗了手，搬过一个长盒子，从长盒子里小心翼翼地拿出了一把京胡。他坐下后悠悠地拉起了京胡名曲《夜深沉》。曲声婉转，时而飞扬，时而低沉。吴老师坐也不是，站也不是。董平柏陶醉在他的京胡声中……

我在县一中上班的第二学年，就不见了董平柏。一问，才知道他已经调到省城最好的一所高中去了。那年十一月，学校派我到省城学习心理学。那是一个硕士研究生班课程，我不情不愿地去了。不想，就在培训班的第一排，我看见了董平柏。他见了我，很是热情，说："做老师的，学学心理学肯定是有好处的。这次学习我是自费来的，你知道我为什么学习心理学吗？我也学中医，我觉得人的好多疾病，不是用药来治好的，心病啊，就得用知心话来医才好啊。"说完，他哈哈大笑，快五十岁的人了，像个孩童一般。

今年县一中要举行百年校庆，我联系上了他，请他回来参加校庆。电话接通了，他手机里传来嘈杂的声音："校庆啊，我一定来。我现在正在北京挤公交车呢，哈哈，我正读博士哩……"

今年校庆时一定能见着他的。

我又想起来了，董平柏是教英语的。

郑　校　长

郑校长是县一中的校长。

那时我还在乡镇一所中学工作，正在讲台上眉飞色舞地讲着鲁迅先生的小说时，接到了一个陌生的电话："我姓郑，县一中的，你到一中来上班吧，就明天……"

这样，我这个乡镇中学的老师直接调入了县一中，惹得好多想着调到县城的老师羡慕不已："这是调一中哩，这小子怕是重拳出击，花了大把大把的孔方兄吧……"我听了，上前揍了那家伙一拳："这拳重不重啊，老子都不认识郑校长哩。"从来不动粗的我发起了脾气。事后我知道，郑校长从乡镇调进了两个人，一个是我，所谓的作家；一个是诗人楚亭。他说，一中需要这样的人才做老师啊。

过了几天，我起了个早，坐早班车到县一中报到。一中学生正上早自习，我在校旁早点摊上打听郑校长的办公室，年轻的早点摊老板没有出声，只是对着旁边小桌上的人努了努嘴。小桌上的人正吃着早餐，一碗面条，一份蛋酒。我明白了他的意思，凑了过去："您是郑校长吧？"

就这样，在早点摊，我认识了郑校长。

郑校长个子不高，眉宇间却总能透出逼人的英气。也许正是这逼人的英气，让郑校长打过两次架哩。一次是在校长办公室，一个旷工的教师质问郑校长为什么要扣他当月的课时津贴，而且蛮横地要求当时给补回去，他把郑校长的办公桌捶得啪啪响。郑校长立马脱去外衣，大声道："我今天这个校长不做了，想打架就来真的，看你赢还是我赢？"话还未说完，那教师已经灰溜溜地退出了办公室。还有一次是在省城的大街上，有小偷偷了他的手机，当时他就发现了，一把扭住小偷的胳膊，猛地一拳打过去，一声"拿来"，小偷交出了手机。"郑校长呀，这从某种意义上说，是你又抢回了一部手机哩。"有人事后跟他开玩笑说。

郑校长是教语文的，很会写文章。大学时，他总是做着灿烂的作家梦。曾经，他一个月不到的时间就创作了一部长篇小说，它的很多诗篇，校友们都传抄过。我曾经发表过《我们的孩子》这篇关于高中学生的小说，他不知从什么地方看到了，说："好啊，我们学校教师中的著名作家，我们的骄傲！但是，仔细想想，你这篇小说的结尾，是不是有点儿拖泥带水呢？要是戛然而止，效果恐怕会好得多哟……"我想了想，真的是这样。郑校长在文学上真有几把刷子！郑校长对语文教学更是有深层次的思考，他常说："没有教学思想的教师是不够称职的，没有教学思想的语文老师那更是误人子弟啊……"做了校长，他也常常加入到语文教学活动中来，亲自编写语文高考资料，时不时地发表些极有个性的语文教研文章，我曾在《阅读与鉴赏》上读到他写的《画为诗铸魂，诗因画传神》一文，好生佩服。他曾写过的《人师与经师》一文，被许多重点中学引为最佳教师培训材料。

下棋，是郑校长的最大爱好。他做老师时，曾经和一个姓张的老师通宵达旦下围棋。郑校长会开车。学校有一辆简易的皮卡，他每天开着上班，开着进县政府开会。有政府官员就和他打趣："还是一中校长哩，开着个烂皮卡。"他只是呵呵一笑："这已经不错了啊。"记得那次钟老师在乡下的父亲去世，我们去吊唁，他后来也去了，可学校时，他车内的座位不够。他一摸脑袋："不要紧，皮卡的优点就是还有车厢啊。"说着他跑到村头抱来一捆稻草，说："将就点儿吧，这天气，坐车厢也舒服哩。"我们看着他抱稻草的样子，心想这哪里是一个校长啊，既当司机，还抱来稻草给我们做坐垫，我们做教师的真是幸福啊！

郑校长喜欢喝酒，酒量不是很大。上级领导检查工作，他极少碰酒杯。和老师们在一起时，就开怀畅饮。有老师估摸他的酒量差不多时，就偷偷地将他的酒倒进自己的杯里。要是被郑校长发现，他马上夺过酒杯，将酒倒回自己的酒杯，而且倒得比先前还多，而且还说："乱来！我的酒量真不如你？"一次学校教职工元旦前联欢一起吃饭，他提前一周就没喝酒，而且每天晨跑两千米，说，到时那餐酒的量得对得住老师哩，说得老师们哄堂大笑。元旦联欢会表演节目，郑校长缓缓地走上前，从怀里掏出支短笛，吹起了《赛马》，比用二胡演奏的还有震撼力，惹得老师们手掌都拍疼了。晚会结束了，老师说明天元旦学校门口得贴副对联，最好由郑校长亲自题写。老师们以为难住了他，他会拒绝。谁知他一把拽出后勤主任说："笔墨伺候。"一会儿，对联题写完毕：兴国先兴校，育德后育人。老师们一惊，对联上联居然嵌入了他校长大人自己的名字哩。

郑校长名叫郑兴国。

　　昨天，学校召开教职工大会。郑校长坐在主席台上讲话，两腿蹬在前边发言桌的横木上，偶尔还来点儿摇晃的动作，虽然有布帘拦着，但是老师们在台下看得清清楚楚。宣布散会时，有老师走上前轻声对他说："郑校长，你刚才发言的姿势不符合您校长的形象哩。"

　　"那你说校长应该是怎样的形象啊？"郑校长笑着大声说道，说得老师们都笑了起来。

唐　善　龙

好久没见到唐善龙了。

他是我第一次带高三年级时的学生。那时刚一分班，就有老师大声地说："不知哪个班收留了唐善龙哩。"我应了声："是我的班。"

"那你倒霉了。"几个老师围拢过来，七嘴八舌地说开了。

"这个学生，说起来成绩不错，其实他抽烟、喝酒、打架、逃课，真是无所不为……"

我不去理会这些话。学生也还只是学生，我心里想。我又看了看唐善龙的进班名次，第五十二名。

第二天上午学生进班，果然，唐善龙没来。我去查了查他的家庭联系方式，居然没有电话，地址栏上只有"民主街"三个字。我心想这下家访也不成了。开学一周了，就在我们都以为唐善龙已经辍学了的时候，教室门外来了两个人，唐善龙和他的父亲。他的父亲拿着半截竹棒，对我说："老师，这下我把他请到了学校，竹棒都打断了……"同学们哄堂大笑，唐善龙一言不发，走上了最后的一张座位。

第二天，我找唐善龙谈心，我动用了我的三寸不烂之舌，苦口婆心说了一箩筐话，可唐善龙像截木桩，总是一言不发。我有点儿恼火，说："你是不是男子汉，啊？"

"是！"唐善龙大声叫道。我发现他的眼睛里布满血丝。

"昨晚没有睡觉？"我问。

"嗯。"

"做什么？"

"看小说，看了一整晚。"

"什么小说？"我又问。

"《老人与海》。你看过没有？我这是第五遍了。"他说。

"知道吗？"他又说，"一个人是不可能被别人打倒的，只有自己被自己打倒。每次看《老人与海》，我就有一股无穷的力量。"

"我不会再让您操心的。"唐善龙说。然后，一步一步稳稳地回到了座位。我听见他说了一个"您"字。

从那以后，唐善龙再没有抽烟，再没有逃课。打过一次架，是校外的小混混在班上找女生，他拳打脚踢地把他们赶出了校门。

"没想到个子不高的你有这样的身手哩。"望着他受伤的胳膊，我说。

"个子不高，浓缩了精华，浑身是胆哩。"他笑着说。这是我第一次看到他的笑脸。

高考之前的模拟考试，唐善龙一跃成了班上的第六名。高考，他顺利地考取了一类重点大学。

收志愿表时，我惊奇地发现唐善龙填的是一所二类大学。"为什么呢？"我问。

"这所大学数学系不错，我喜欢。"他平淡地说。我又看了看学费，这所二类大学比好多大学都低。我似乎明白了他填报的真正原因。他的父母是小菜贩。他家中还有两个读书的妹妹。

好久没有见到唐善龙了。去年过年前，一个陌生的长途座机号打进我的手机："老师，您好……"

这小子，在这满世界都有手机的时候，听说还没有买手机呢。

二愣老师

村里小学校缺老师，二愣就成了老师。

小山子不高兴了："村长，为啥二愣能做老师我不能啊？"村长用手捻了捻下巴上不多的胡须说："你连石磙都能抱得起，还不老老实实干活？那二愣，一阵风能将他吹到天上去，一餐吃不了两碗饭，你说他不做老师还让你去做？"

二愣上课不备课。铃声响了，他就夹一本书进教室。书放在讲台上，是正还是倒他也不管。开始上课了，他就和孩子们扯家常。三十多个孩子，将眼睛睁得大大的，将耳朵用力地竖着。

二愣问小花："你家的母猪上个月下了猪娃，都卖出去了没？"小花就坐在座位上说："还没哩。十二个猪娃，还有三个没有卖出去。"

"这也好。养猪娃也赚钱，你爹也很会打算的。"二愣说。

三狗子又要上厕所了，二愣就拎住三狗子的耳朵问："你今天吃的啥好东西，跑了五六趟厕所了？"三狗子不回答，手里捏着团纸跑了。见着三狗子跑，二愣也拿了团纸："你们自个儿说会儿话，我也去去就来。"说完一溜烟地跑到了厕所。

老师们要听二愣上课，二愣也不拒绝。但他这回就不和孩子们乱扯了。他讲一个句子：我们共同祈祷美好的明天。他领着孩子们读："我们共同斤寿美好的明天。"有学生在下边小声地嘀咕："这个词不念'斤寿'，老师只念了半边字。""念不念'斤寿'，午饭时我查了书再来告诉你们。"二愣一本正经地说。

下午又上课，学生就问："老师，那个词咋念哟？"二愣早将查书的事忘了个干净，一听这话，就说："那，我们继续念'斤寿'。"于是，全班师生一起念："我们共同斤寿美好的明天。"

没有人听课的时候，二愣除了和孩子们扯家常，还教孩子们练气功。"这是我发明的气功。"二愣说，"不信，请看我单手劈砖。"说着，他将手掌用力地向事先准备好的三块青色砖块劈去。三块砖就成了六块了。孩子们一齐鼓掌。

二愣也教孩子们作文课。他让孩子们写"我的爸爸"。孩子们一会儿就写完了，他就一篇篇地在课堂上念。他念了小花和三狗子的作文，又念了小月的作文。小月的爸爸十几天前遇到车祸，死去了。二愣念："……爸爸去世十多天了，我每天想爸爸。我每天放学都会拉着家里仍然挂着的衣裳叫爸爸，我觉得空洞洞的袖子里，还有爸爸的手……"

听着听着，孩子们听到了隐隐约约传来的哭声。孩子们抬头，看见二愣泪流满面。孩子们的眼睛也红了，有的开始哭起来。二愣将那张作文纸往讲桌上一丢，就趴在了讲桌上，号啕大哭："旺才，你怎么这么狠心就走了啊……"旺才是小月爸爸的名字。

二愣只给孩子们带了一个月的课。因为村长听人说二愣上课不讲课，又让二愣回家种地去了。

　　但是，直到成年，小天、小花、三狗子、小月他们三十多个孩子只要一遇到二愣，总会恭恭敬敬地叫一声"老师"。大学毕业后的三狗子、小月每年都会提着烟和酒来看望他们的二愣老师。

神鞭陈四

　　月上柳梢头，劳作了一天的塔沟村人借着点儿夜风，三五成群地坐在门前纳凉，有一句没一句地唠着嗑，时不时地警惕着什么。就在上个月，山那边的白云村、牛草村好几个村子都遭了洗劫，还死伤了不少人。突然，人喊马叫，人们一惊，知道担心的事终于发生了。十多个土匪骑着马拿着枪旋风似的飘到了村头。

　　村子里几十个男人齐刷刷地站到了土匪们的面前，不甘示弱地拿着铁锹、锄头，准备反抗。一个土匪扬手一枪，打伤了最前头的李二。人们知道抵抗是徒劳的了。猛然，似一道闪电，十多个土匪的枪掉在了地上。

　　"谁？"匪首张疤子大声吼道。又是一道闪电，十多个土匪左边脸上都多了条血印，月光下看得清清楚楚。

　　人们诧异。只见人群中走出了把式陈四，他四十岁上下的样子，手里拿着条马鞭，如截木桩立在土匪们面前。

"好汉，有话好说。"张疤子说道，语气缓和了许多。

"有种的就不要抢咱老百姓的钱粮，算什么好汉？是好汉咱一道去打日本鬼子。"他的话语似一颗颗铁蛋，掷地有声。说着，把式陈四又将马鞭扬了一下，土匪们的右脸上又是一条血印。土匪们慌忙翻身下马，跪地求饶。张疤子哭着说道："好汉，俺青山寨弟兄也不算是真正的土匪，也是穷弟兄呀。俺们听兄弟的，一道去打日本鬼子，做条真汉子。"人们紧绷着的心弦这才放松下来。

把式陈四三鞭收服青山寨的事不到两天就在山里山外传开了，"神鞭陈四"的雅号也不胫而走。那晚青山寨的兄弟没有回寨，都嚷着要向陈四学神鞭。人们也诧异，那把式陈四咋有这高功夫？陈四除了有条长长的马鞭，还有条长长的辫子，徒儿们问他为啥不剪掉辫子，他扬起辫子说："不把小日本赶出去，我就不剪。"

就在陈四教青山寨弟兄和村里的小伙练习神鞭的一个清早，日本鬼子如约而至。鬼子们还没明白怎么回事，每人脸上都留下了两三道血印，灰溜溜地逃回了县城。鬼子的龟田队长气愤不已，站在一旁的汉奸刘八须说道："一定是神鞭陈四！他曾经三鞭收土匪哩。洗劫塔沟村，就先得镇住这陈四。"龟田更加来了兴趣，说要会一会这神鞭陈四。刘八须得了圣旨一样去请陈四。在遭到人们的一顿臭骂之后，刘八须还是如愿将陈四请到了日军司令部。陈四才到，刘八须让人摘下陈四的马鞭，龟田摇头："不，不，我就要看表演呢。"

"好！"陈四才说一个字，只听"嗖"的一声，刘八须早已应声倒下，七窍流血而死。龟田慌了，命令手下拿下了陈四的鞭子，然后他凑近陈四说："先生能教我神鞭吗？"

"呸！"陈四对着龟田就吐了一口痰。

"哦？你不答应是吧，我明天就血洗塔沟村。"

"好！"陈四又说了一个好字，只见一条如飞蛇似的东西向龟田胸腹飞去，飞去又飞回，重又盘在了陈四的头上。是陈四的辫子，龟田惊吓不已，却安然无恙。"龟田队长，我明天就开始教你神鞭。"陈四说。

陈四当晚回到塔沟村时，人们指着他的背说话，徒儿们也不解："咋就要教日本鬼子神鞭？是俺的话，死也不教。"陈四不语。第二天，徒儿们等着送师傅去县城，忽然县城有人传来消息说鬼子们已经撤回到省城去了，因为龟田队长昨晚一命呜呼了。怎么死的谁都不知道，只知道他全身完好无损，不明白他内脏咋就烂掉了。

陈四听了，只是默默一笑，用手盘了盘辫子。徒儿们顿时明白了，不约而同托起了陈四的长辫子："神鞭！"

书法家刘正

　　书法家刘正，字平直，楚州人氏，少时即有书法天赋。三岁时以一枯瘦树枝于地画字，人教即会，村里老学究连连称奇。后学书于大书法家王之云，工隶书。三年不到，老师王之云书字一幅赠予刘正：青出于蓝而胜于蓝。顿时，刘正声名大振。乾隆十八年，刘正接过老师的字，回到了楚州家中，不再书写隶书，转而研修行书，专攻王羲之名作《兰亭集序》。又是三年，其所书《兰亭集序》几可乱真。乾隆爷派人来要了一幅，连夜把玩两个时辰。末了，在字的落款处书"极品"二字。

　　于时，上门求字的人络绎不绝。为官者，以得到刘正一字为护官符。经商者，以购得刘正一字为富贵。布衣者，以一睹刘正一字为荣幸。

　　偏偏，刘正的家门总是一把铁将军把着门，常年关着。不少来要字的只能望锁兴叹，连连摇头而回。

　　不料，有人不上门求字，倒得到了刘正的一幅《兰亭集序》。镇上的杨六儿开了间小茶馆，开张的当日，小茶馆的土墙上挂着的正是刘正的《兰亭集序》。那小茶馆的牌匾，亦是刘正手书"兰亭茶馆"四字。一时，方圆十里八乡的茶客，蜂拥而至，将小小茶馆坐得满满的，人人都来照顾杨六儿的生意，让杨六儿好好地赚了一把。

其实不到兰亭茶馆去，也还是有不少人见过他的字。县衙门的"明镜高悬"正是刘正手书。听说，刘正写好之后，亲自送到了新任知县李天一手中。不少没求到字的人就摇头了：这个刘正，什么狗屁玩意儿，这不明明白白地在拍李天一马屁吗？

又有人搭上腔：这拍拍知县大人李天一的马屁，还能理解，人在江湖身不由己啊，那为啥还替那杨六儿又是写《兰亭集序》又是写牌匾？众人只是摇头，像拨浪鼓一般。

三年后，知县大人李天一政绩卓著，乾隆爷钦点其右迁楚州知府。上任前一晚，李大人亲临刘正府上，一番客气之后，李大人直言，希望刘正先生能送他一幅字：先天下之忧而忧，后天下之乐而乐。刘正却只是端着手中的茶杯，不说话。李天一知道没有了下文，他知道刘正的脾气。

但李天一大人有话说："平直啊，你能将手书《兰亭集序》送目不识丁的杨六儿，为甚不再送我，即将上任的知府大人一幅墨宝呢？"

李天一又说："我的年兄啊，三年前你将'明镜高悬'亲手送到我府上，如今，却也半字不送了？"

刘正仍然不说话，将手中的茶杯重重地放在了茶几上。茶几上全是溢出的清茶。

李天一气冲冲地走了。刘正自言自语道："你个一县之长的李天一，你就不知道杨六儿在去年腊月双亲去世，今年正月家中独子不幸夭亡之事？"

李天一的事还没有完，第二天他就派人给刘正送来了一封信：年兄啊，我也不为难你，逼着你给我写个啥内容的，但看在你我同窗的分上，我明日上任，你我同窗一场，还是请你明晚到宾阳楼去聚一聚……

同窗人刘正当然不懂得拒绝李天一大人的邀请。一场宴会，也算是李天一的离职上任聚会。推杯换盏，几轮酒下来，主宾都觉得有些不胜酒力。李天一的兴致好，刘正有些招架不住了。刘正想着要上一趟茅厕，起身拱了拱手，就向着茅厕的方向走过去。就在宾阳楼茅厕的前方，一张大大的八仙桌子上，端端正正地摆放着安徽歙砚、六尺生宣纸，一旁的墨传来一阵阵的暗香，他不用细闻，就知道是上好的墨水。刘正不由得迈开双腿走了过去，随手拿起了湖州羊毫笔。他望见正前方挂着的一幅字"先天下之忧而忧，后天下之乐而乐"，书兴大发，就着桌子，在展开的生宣纸上唰唰唰地尽情运起了笔，内容正是"先天下之忧而忧，后天下之乐而乐"，一气呵成，酣畅淋漓。写完，径直回到了酒席，他竟不知没有进茅厕就返回了。

又拿起酒杯时，刘正似乎想起了什么事。放下酒杯，他大步向茅厕边的八仙桌走去。可是，桌上空空如也，什么也没有。

书法家刘正像做了一场梦，他不辞而别，回到家中，倒头便睡。醒来的时候，已是第三天，同窗李天一已经到楚州府上任了。就在李天一上任的第九天，家里抓住了一个盗贼，蒙着面，手中正拿着书法家刘正所写的那幅字"先天下之忧而忧，后天下之乐而乐"。众家丁围住蒙面盗贼时，那盗贼正急匆匆地将这幅字撕了个粉碎，然后将一张张碎片放进了自己的嘴里。

李天一轻轻地拉开了那块蒙面巾，是同窗刘正！

"告诉我，你来我府上的缘由。"李天一说。

"告诉我，你做知县最后一年的三月，朝廷下拨到县里的三千两赈灾白银，为甚只是下发了两千二百两？还有八百两是不是在你家后院的歪脖子桃树下？"刘正大声问道。

辑三／点亮路灯

　　我又想起花小朵背诵诗文的样子。她摇晃着小脑袋，大眼睛清澈如水，忽闪忽闪的，像夜空中的小星星。

鼓　手

鼓手不是鼓手。

鼓手名叫憨儿。憨儿这名儿也不是他爹娘为他起的。憨儿出生三个时辰了，胖乎乎的接生婆将他的红红的小屁股拍得青青的，他吭也不吭一声。

"怕不行了，你们准备后事吧。"接生婆丢下一句话，连他爹娘送给她的鸡蛋也不敢要，一溜烟地走了。憨儿的娘就开始大哭起来，他爹拿了床烂凉席，就要将憨儿包了，埋在后院。才放进凉席，憨儿"哇"地哭了起来。娘就不哭了，大笑起来，一把抱过憨儿，亲个不停。他爹更是高兴，想不到四十多了，还真得了个小子。二十多年前好不容易将憨儿娘娶进家门，这么多年却没生下个一男半女。他爹是一身的病，一年三百六十五日用药罐子泡着，成天如架手扶拖拉机，隆隆地咳嗽，响个不休。中年得子，自然是高兴得了不得，侍弄好娘俩，他爹喝了二两酒，喝了就上床去睡。不想，一觉没能醒来。

"这小子，是克星，将他爹克去了……"人们都说。

小子两个月了，还没有名字。吃他娘的奶，居然找不到奶头，还得让娘将奶头送进他嘴里。"是个憨憨，就叫憨儿吧。"他本家大伯建议说。他娘觉得也好，名字低贱一点儿，娃儿好养大。

小子确实好养，特能吃，才三岁，每餐能吃三大碗饭，比他娘吃得多好多。但吃得再多，他的话也不多，一棍子砸不出个屁来。"唉哟，我真是生了个憨儿子……"他娘常常叹息。叹息时间长了，有时禁不住流下眼泪来。憨儿见了，就用手抹娘的眼睛，黑乎乎的手在娘的脸上乱摸，将娘的脸抹得像黑包公一样。娘就不哭了。五岁了，憨儿只会说几个简单的字，他说"吃"，就会一手将碗抢了过来；他说"娘"，就一头钻进了娘的怀里。伙伴们来喊他去玩，他一声不吭。当然，他也不会穿衣服。每天，娘先忙着给他先穿上衣服才能下地去做事。村子里的人，不管男女老少，都是"憨儿""憨儿"地叫个不停。娘的心里，总像被一阵阵秋风掠过。

憨儿呢，成天就坐在个小板凳上，一动不动，娘不回来，他的屁股不挪个窝。那小板凳，是娘央求隔壁的木匠爷用香椿木板做成的，不大，也轻，很是结实。憨儿长到四岁多，才学会走路。这样，娘不在家的时候，憨儿就可以搬着板凳走动了。娘回家的时候，憨儿就傻傻地笑，拿起小板凳，用根小木棍"嘭嘭"地敲。

有一天，憨儿居然出来亮相了。那是村子里的二狗新婚之日，神气的鼓乐队接了穿红挂绿的新娘子从门前走过，锣鼓咚咚地响，唢呐呜呜地叫。憨儿从家里冲了出来，左手拿着小板凳，右手拿着小木棍，拼命地敲打着。人家见了，就笑："憨儿哟，别把家里的小板凳敲坏了，那可要挨你娘的骂。"憨儿不管，人家敲，他也敲，一直跟到了二狗的新房门口。后来的结果是，憨儿得到了新郎官二狗亲自递过来的两颗喜糖。憨儿拿了喜糖，急忙往家里跑。他在找他的娘。娘不在，憨儿就一屁股坐在小板凳上，拿着两颗喜糖，等着娘回来。快黑的时候，娘才从地里回来。一见憨儿的样子，抱着他呜呜地哭了起来。

再有红白喜事的时候，在梆梆响的锣鼓队后边，就多了一个小黑点，那是憨儿在用木棍敲着小板凳。人们也不撵他走，倒给他快些让道。憨儿俨然成了乐队的一员。末了，憨儿也会得到两三颗糖，有时也会有年长的人让憨儿坐上桌子吃饭。憨儿也是一句话不说，坐了上去，他只是吃饭，不吃菜。菜呢，属于他的那一小份子，他用小碗盛好，端回家里给娘吃。娘也不忍心吃，就又喂给憨儿吃。常常是，娘吃一口，憨儿才吃一口。吃来吃去，憨儿就有了笑声。他咯咯地笑，不像小山子笑得那么甜，倒很像小铁棒敲碎玻璃的刺耳声。但憨儿还是不会说话。

有好几次，憨儿吃得高兴了，咯咯地笑过后，他就拿起了小板凳，用小木棍敲起来。敲给正在吃着饭菜的娘听。娘也咯咯地笑个不停。敲过四十多年鼓乐的刘老根听了，说："这小子，用板凳敲得比我还好，还有，这小子红喜事和白喜事敲得不同，这小子真是天才了。"他拿来自己的一面老鼓，让憨儿敲。憨儿看了看，一把推开。刘老根又拿来，憨儿又推开。憨儿拿过自己的小板凳，咚咚咚地敲起来。

几乎每个晚上，娘从地里回来的时候，憨儿都会拿出小板凳敲上一阵子。娘笑了，憨儿才放下手中的木棍。于是就有人想请憨儿去表演。有一次，在外发了大财的周大军的娘过六十大寿，出了大价钱请憨儿专门去表演，憨儿不知什么时候躲进了床底下。闹得村子里的人寻了一个晚上。

有回村子里闹贼，黑影人进了木匠爷的家门，木匠爷大喊"抓强盗"，村子里人们都起来了，但就是不敢靠近贼人。十多岁的憨儿也穿了裤衩起来了，拿了小板凳，嘭嘭地跑着敲个不停。贼人慌了，扑通一下跪了下来。第二天，憨儿用小板凳抓贼的故事，长了脚一样传遍了村子。

十多岁的憨儿没能上学，他还只是会说简单的字，他的话只有他的娘能听懂，他也只懂他娘说的话。农闲的时候，村子里就多了一道风景，憨儿和娘坐在一起，憨儿用心地敲打着小板凳，娘静静地听着。有路过的人看见了，也默默地站在一旁，看憨儿为娘敲小板凳。

就这样，一个小板凳，憨儿将娘的脸敲成了一朵绽开的花儿。这个小板凳，也将娘敲成了满头白发。

憨儿二十好几的人了，敲着小板凳为村子里的小山子、大狗子、李小娃娶进了新娘子，却没能给自己敲来一个新媳妇。娘说要为憨儿找个新媳妇，憨儿听懂了，号啕大哭，好几天不敲小板凳。娘知道憨儿是舍不得他，就心疼地一把将憨儿搂进了怀里："你这个憨儿呀……"

憨儿三十岁那年，冬月的最后一天，白发苍苍的娘闭上了双眼。送娘走的那天，憨儿走在最前头，又敲起了小板凳。老天下起了雨，如小石子样落在憨儿头上。憨儿手中的小木棍敲得更激烈了，娘入土那刻，"咚"的一声，小板凳被敲破了。憨儿双膝跪在了娘的坟前。

木匠爷又用香椿板给憨儿做了个更结实的小板凳。但是人们再也没有看见憨儿拿出小板凳来敲，连敲打的声音也没有听到过。

憨儿不再敲小板凳。只在每年冬月的最后一天，娘的忌日，人们才听见有敲打小板凳的声音响起。嘭——嘭嘭，仿佛从遥远的天际飘来，一声，又一声……整夜地在村子的每一个角落回荡。

这是我们村子里真正的鼓手啊。敲了一生鼓乐的刘老根捋着白须，悠悠地说。

大　师

　　小街在小城的东南角。小街虽小，名气却大。小街有一个好听的名字：梅竹街。正所谓山不在高，有仙则名；街不在大，有仙亦名。小街之仙何在？东头的一位会画梅，人称梅大师；西头的一位会画竹，人称竹大师。小城人称二位作"大师"也是有些年头了。两位大师卖画为生，一个画梅，一个画竹，养家糊口，聊以度日。

　　有人要在厅堂挂幅梅图，自然会去找东头的梅大师。梅大师须发皆白，颇有仙风道骨的意思。梅大师所画之梅，如在冬日，来一场大雪，恐怕要活了哩，比之"疏影横斜水清浅，暗香浮动月黄昏"的林逋恐怕差无毫厘。有人要在书房挂一幅竹图，当然是找西头的竹大师。竹大师青衣小帽，须发如铜丝，根根坚硬。竹大师所画之竹，如在夏夜，来一阵清风，恐怕就会传出竹林萧萧之声了，比之"咬定青山不放松，任尔东西南北风"的郑板桥，望其项背足矣。

偏偏小街来了个异乡客，说是家中儿子大喜之庆，既要竹，又要梅。他跑到东头的梅大师那求画竹，跑到西边的竹大师那求画梅，说好第二日取画。第二天，异乡客在东头的梅大师那取了竹画之后，来到西头的竹大师处取梅画。

"我不会画梅。"竹大师说。

顿时，一个消息传遍了小城：梅大师既会画梅，亦会画竹，乃真正的大师；竹大师只会画竹，何以称大师？

过了一月，有人去求西头的竹大师画一杆竹子，却见大门紧闭。

许是生意清冷，闭门而去了。有人猜道。

有好事者推开了竹大师的大门。屋内空荡，竹大师早已离家而走。偏偏，厅堂之上挂了两幅图，一幅清竹图，一幅寒梅图，落款处皆署名"梅山仙人"。看那幅寒梅图，一枝梅花凌寒独放，精神抖擞，雪般晶莹，人居其室，似闻其香，几浸肌骨。

人们叫来东头梅大师。梅大师进门大呼："真乃一枝仙梅！竹大师原乃画梅之人……"

第二日，再有人去找梅大师画梅，已人去屋空。邻人说，梅大师连夜毁了许多画梅之作，不想今日却不见了人。

后来，小街又出了几位画师，但没有一人敢画竹画梅的。倒是这梅竹街的名儿却传了下来。

木 脑 壳 儿

木脑壳儿是俺族里的叔，年纪和俺差不离。这木脑壳儿的名儿是俺们兄弟替他取的。那年头乡下常放电影，那晚放的是《地道战》，一阵枪响过后，他忙着在银幕下找东西。

"找啥？"俺们问他。

"枪子儿呗。"他说。

"真是个木脑壳儿。"俺们齐声道。

木脑壳儿是个贬人的号儿，俺们那会儿是没讲究个长辈晚辈的，于是，不到三五天，叔的"木脑壳儿"名儿就像长了翅膀一样飞遍了村子里的角落。就连他爹娘也这么叫："木脑壳儿昨晚吃了两个大瓜，又尿床了，尿床了也不吭一声，睡在那湿垫上。"

"咋不挪个窝？"他娘拍着他屁股片，问。

"俺想用俺身上热气烘干尿窝。"他瓮声瓮气地说。

"真个木脑壳儿。"他爹接着对他屁股蛋又是打了两下。

木脑壳儿和俺们一同开始上学，俺们读到中学时，木脑壳儿还在小学三年级当班长。他"连庄"了，他爹就拧他的耳朵说："俺打牌不连庄你上学倒连庄，气人不？"木脑壳儿个儿特高，比老师还高，他爹怕丢自己的脸，不让他念书了。离开学校那天，木脑壳儿哭了，像个婴儿一样，号啕大哭。过了几天，他爹让他去学木匠，使墨斗时他居然拉不直，师傅便不要了他。他自个儿下到水田去捉泥鳅、黄鳝，一天居然可以捉几斤，比别人的都多。捉回来的泥鳅、黄鳝，先是家里人吃，吃不完了便去卖钱，人家给个三五块便让人连桶提走。不过，这些钱也足够让木脑壳儿的小花妹妹读书了。小花妹妹乖，常常领大红奖状，领了大红奖状回来总是先给木脑壳儿看，木脑壳儿就咧开嘴大笑起来。

后来俺读完中学又读大学，不知木脑壳儿在乡下怎么过的。在俺大学毕业那会儿，俺娘到城里来看俺，说："你木脑壳儿叔就要娶婆娘了，是村西的胖妞，丑着哩。"俺笑。

"俏了守不住的，再说，婆娘胖点儿就会生胖小子的，这是你木脑壳儿叔说的。"娘说。果然，不到一年，木脑壳儿的胖婆娘生了个大胖小子。

俺大学毕业后回到县一中教书，一直没有木脑壳儿的消息。不想十多年后，在一次下了自习课后，俺碰到了木脑壳儿，还有他十五六岁的儿子。我当时一眼就认出了他，他还是那模样，呆头呆脑的。

"来找你有事哩。"木脑壳儿说，"傻小子金牛今年考高中哩，考你们一中还差十多分，你替俺帮帮忙，出多少钱俺都愿意，只要让他上一中。"

"差十多分得多交两千多元哩。"俺说，"为啥非得进一中呢？"

"你办就是了，俺有钱，这几年收成好着哩。进了一中，金牛小子会使劲学的。说回来，一中的学生娃到时都是好大学生，也都是俺家金牛的同学，毕业后俺家金牛不就沾大光了？"他说完嘻嘻地笑了。

俺应了下来。他又说："俺还得去趟铁青家。"

"干啥？"俺问。俺知道铁青也是俺们儿时伙伴，不过人家已经是县人事局局长了。

"明日个肯定有用得着铁青的当儿。"木脑壳儿说。但俺压在心口的话没说出，你金牛才上高中，去读大学还早，再说到时金牛大学毕业了还真用得上做人事局长的铁青帮忙吗？恐怕早已人事皆非了，真是个木脑壳儿！

接下来的几年，木脑壳儿年年进县城，他家金牛上了个二类大学，他还是来看俺。俺跟他说不用来了。木脑壳儿说："俺是去给铁青送两只鸡，顺便给你捎了一只来的。"

"你犯不着每年去拜访铁青吧。"俺说。

"你是个教书人，可你懂得做房下墙角的理儿吧，墙角下得早、下得宽就好，俺这就是在铁青那儿下墙角呀。"木脑壳儿说。

金牛从二类大学毕业时，工作真的很难找。偏偏，铁青调任成了副县长，分配金牛到了县人事局工作。

"走，俺请客。"木脑壳儿立马找到俺说。

"你个木脑壳儿。"俺指着他的头，笑着说。

刘 瞎 子

一个失明的人，旁人称他作"瞎子"。"瞎子"，这是一个不好的称呼。

年幼的我们，常常看见失明的人，右手紧紧地拽着根竹篙，左手小心地提着个铃铛，身上斜背着个布袋。他们是走村串户算命看相的。那根竹篙磨得浑圆，那个铃铛声音清脆，有时也有二胡的声音响起，吱吱哑哑，引着我们一路追随。我们跟在后头，不停地叫着他们"瞎子"，长辈们便不停地叫住我们："不能这样叫的，要叫人家'先生'。"我们便不出声了。

但是，刘瞎子是乐意年幼的我们叫他"瞎子"的。

叫他一声"刘瞎子"，他便走过来，轻声地问我们："几岁了？读几年级了？"我们不回答，细心地看着他鼻梁上的眼镜，那黑黑的眼镜片后边，似乎什么也没有。我们嬉笑着一哄而散。他就立在原地，魁梧的身材，一动不动，还想对我们说些什么的样子。

我们可以当面叫他"刘瞎子"，大人们是不能当面叫的，但是他们是可以背地里称呼他为"刘瞎子"的。

"刘瞎子又到哪里去说书了啊？"有人会问。

"这个穿着西装的刘瞎子，又在哪里找了个相好的？"又会有人羡慕地感慨。

我们不知道"相好的"是什么好东西，但我们却知道刘瞎子会说书。正读小学的我们，在一次放学路上，突然听到一阵炮声，然后是飞机的轰鸣声。我们心里一惊，但是知道是不可能发生战争的。就在一间简陋的会议室里，我们趴在门缝边，看到里边外三层里三层围了好多人，最远处的主席台上，坐着个戴着墨镜的人。那些大炮和飞机的声音，正是从他口里发出来的。

我们怔在那儿了。

我们想要认真地看一回刘瞎子的表演。

但是，瘦瘦的边老师说，刘瞎子到处在表演，好多单位都在请他去表演，还轮不到我们村子里的小学校呢。然后，边老师像背诵古诗一样，罗列出了刘瞎子表演过的地方：县土地局、县粮食局、乡政府大院、乡中心小学、马王村村委会、张二平的家里……

边老师有些自豪了。他说，刘瞎子每到一处去说书，总是会坐上一个多小时，和那里的负责人随意地话着家常。他看过好几场刘瞎子的说书表演，印象最深的是在县粮食局会议室，刘瞎子说《岳家将》，说到岳母刺字"精忠报国"时，刘瞎子的声音就成了老母亲的声音。一会儿，却没了声音，再看时，只见刘瞎子的脸上已满是泪水。还有一次是在张二平家里，刘瞎子讲《穆桂英挂帅》，张二平病重的老母亲卧在床头，静静地听着。第二天，张二平的老母亲安详地离开了人世。

　　终于等到了刘瞎子到我们的学校说书的那一天。边老师写了大红的欢迎标语，我们穿上了过年时才穿的新衣服。我们坐在教室里，刘瞎子坐在讲台上。刘瞎子抚尺一响，全场鸦雀无声。我们似乎不敢出气儿了，怕一出气儿，刘瞎子就不说书了。刘瞎子那天讲的是《上甘岭》。还没开讲，我们先听到炮声隆隆，飞机轰鸣。不一会儿，是机枪开始扫射的声音，这时候，黄继光出场了。我们有些害怕起来，伙伴们暗暗地拉着手，为自己壮胆。又是一连串的机枪声，我们吓得低下了头。再看刘瞎子时，他已不见人了。他一头栽倒在讲台边，双手捂着胸口，口中还不停地发出机枪的声音。边老师走近他，扶起了他。刘瞎子又坐起来了，透过黑黑的眼镜，我们似乎看到了他的眼睛。

　　但是，我之后再也没能听到刘瞎子的消息。我读中学的时候，收到边老师的信，信中说：县粮食局长进了监狱，还有，乡中心小学的校长也被撤职了。知道为什么吗？据说，县检察院曾找到刘瞎子，刘瞎子提供了有价值的信息……

　　可是，刘瞎子是个瞎子，他能提供什么信息呢？

　　我读大学时，还想再听听刘瞎子说书，但总是寻不着他的人。有个当年的同学打电话给我，说："那个刘瞎子啊，生活悠闲着呢，听说又换了个相好的，年轻漂亮，天天扶着刘瞎子到处逛……"

　　我这时早已知道"相好的"是什么意思了，但是，我一直不知道刘瞎子的姓名。我猜一猜，他的名字应该是"刘真"，或者是"刘明"。不知是不是这样的名字？

董 憨 巴

董憨巴，董憨巴……

放学的小孩子们见了他就喊。憨巴是方言，是骂人的话，称一个人弱智的时候才这样叫。

但他知道自己叫董憨巴。当然，他不知道憨巴是什么意思的。有人叫他"憨巴"的时候，他总是"哎，哎"地答应个不停。他似乎没有名字，我很小的时候就认识他，但从来没有见人喊过他的名字。他似乎没有父亲，我们只知道他有一个母亲。我们放学的时候，常常看见董憨巴坐在一个小凳上，端端正正地，他的母亲在给他洗头。

小镇上的人几乎都认识董憨巴，因为他会挑水。

20世纪70年代，小镇还没有自来水，仅有的一条河，河水只能做洗涤之用。饮用水得去挑。小镇靠近长江，翻过两道堤，就是长江。长江在这儿拐了道弯，弯成了渊，名西门渊。有了西门渊，长江的水就清澈起来。小镇人想吃长江水，就请董憨巴来挑，有价钱，一分钱一担。

几乎我们每次看见董憨巴的时候，最先看见的都是他肩上的扁担。那扁担，就像是钉在了董憨巴的肩膀上，从来没有卸下来。有哪家要水吃了，就大声地叫一下："董憨巴，来担水。"董憨巴也不应一声，十多分钟后，一担清澈见底的水就进了家门。主人就会递过一分钱："拿好了啊，董憨巴。过几天让你娘给你娶媳妇。"

"娶媳妇做甚？她要吃饭，没有饭吃。"董憨巴总是瓮声瓮气地来上一句。

"有了媳妇就有了儿子了，你不要儿子？"就有人接着问。

"我就是儿子，我就是我娘的儿子。"董憨巴的声音大了一些。主人就不再理会他了。他就会寻找下一个挑水的人家。

好多时候，董憨巴挑着一担水，也会唱起娘教他的歌儿。歌声也是瓮声瓮气的，随着他肩头的水荡漾开来：

> 西门渊的好江水，
>
> 清亮又甜美，
>
> 买了我的水，
>
> 做饭做菜好滋味……

董憨巴一遍一遍地唱，有时还唱出了调，那是董憨巴高兴的时候。要是想起了他嫁到农村去的妹妹，他的调子就低沉得多："董憨巴的妹妹下农村，我就挑水谋日生……"唱着唱着，却没有了歌声，传出了哭声。这时候，人们再喊他去挑水，他是绝对不会答应的。镇东头的杀猪佬拿出一角钱来请他去挑担水来，他将那一角钱撕了个满天飞。

有时，也有人家请他挑了水却不给钱的。董憨巴也不气恼，只是问："一分钱也没有？真的一分钱也没有？那明天吧，明天会有一分钱吧？"可是到了第二天，他却将这事忘了个干净，也就不会向人讨要那一分钱的水钱了。

也有顽皮的孩子逗他，在他刚挑来的清水里吐上一口唾沫，然后说："董憨巴，你的水脏了，不能吃，得倒掉。"

"真的？得倒掉？"他就会问。

孩子们就又说："真的，得倒掉。"

他就又问："真的？得倒掉？"

孩子们就一齐说："真的，得倒掉。"

这时候，董憨巴才不舍地倒掉桶中的清水，又向长江边走去。有大人从屋子里冲出来，训斥逗他的孩子："你们这些小砍头的，怎么又在欺负人家董憨巴，看我不打你才怪。"听了这话，董憨巴就会又折回身来，跑过来用自己的身体挡住正在发怒的大人："伯伯，伯伯，打不得的，打不得的。"他称呼所有的成年人为"伯伯"。

没有谁知道，董憨巴挑断了多少根扁担。

小镇人家，几乎都吃过董憨巴挑来的长江水。

后来我上了大学，参加了工作，回到小镇的时候，仍然能见到董憨巴。这时候他已经六十多岁了，不能挑水了；镇上也有了自来水。他娘替他买了铁锹，让他背着走街串巷地去卖。他手中也拿着一把铁锹，一边走，一边收拾着地上的垃圾。

他的背已经开始弯曲，像只老虾一样了。但他的身上很是干净；走过他家门口时，我看到六十多岁的他，仍坐在一个小木凳上，他八十多岁的娘在替他梳理着头发。他见了我们，呵呵地笑着，满脸的慈祥。

他的母亲，九十三岁去世。他趴在母亲的棺木上，不让下葬。几天后，镇福利院收留了他。又过了二十多天，七十多岁的董憨巴也闭上了双眼，随他娘一起去了。他身上的衣裳有些旧，但是穿戴得整整齐齐。

他的葬礼很热闹，很多熟识或不熟识的人都去为他送行。

好多年过去了，镇上的人们将自己的很多老朋友都忘却了，但过上些时日，总会唠上一句：董憨卩，董憨巴……

张 一 碗

"钱押好啦，押好就甭动啦。"赌场看场子的李二大声吆喝着。他拿着根细长的竹条，仔细地拨弄着赌桌上的钱币。其实他是用不着仔细看的，看场子二十多年了，钱币的厚度一落他的眼睛他就能估摸出有多少现洋。可是这一碗（骰子赌博赌单双时，用一酒碗盖住骰子，下垫一瓷碟，庄家摇定，赌客下钱，揭开酒碗便知输赢。揭开一次称"一碗"）有点儿猛了，赌客们全押在"单"上，"双"客一个也没有。

"刘老庄，一共九百八十三块大洋。"李二骨碌着精明的小眼睛，对庄家刘银山说道。

庄家刘银山坐在上首，他没有作声，捻了捻几根不多的胡须，看了看手边的钱袋。他不想揭碗了，万一再揭个"单"，他的钱是不够赔的。在埋甲村，听说几百年来没有谁敢揭不赔钱的"飞碗"。

见刘老庄不作声，押钱的人们好像商量好似的，目光齐刷刷地如箭一般射向赌桌角落的一个人。那人生得眉清目秀，年纪有五十上下，额头发亮，脑后油光的长辫子快垂到脚后跟。

"揭。"那人轻声地笑着说。

"叭"的一声，刘老庄手起杯落。两粒骰子，一个"2"点，一个"5"点，果真是个"单"。

"张一碗，又对不住你了。"刘老庄应了一句。眉清目秀的张一碗拿过脚边的钱袋，开始赔钱。

"还剩十多个大洋哩。"张一碗拿着刚才还装了一千大洋如今只有几块大洋的瘪钱袋，嘴角仍然浮着一丝笑意，然后，迈开方字步，踱出了赌场。

埋甲村应该算是个有来厉的村子。据说是元末陈友谅的起义军在这儿吃了败仗，不少兵士便脱了衣甲给埋在这儿，从此在这儿生活了下来，并给村子取名叫"埋甲村"。从那时起，兵士出身的埋甲村村民们就有了掷骰子赌博的习惯。

骰子赌博在过年时最有看头。一年到头了，田地里的收成都变成了大把大把的银票，在商铺跑生意的爷儿们背着钱袋回来了。腊月里小年一过，两张八仙方桌一拼，就成了赌桌。骰子是用牛骨头磨成，放在大大的瓷碟上，用小酒碗一盖，就成了最简单的赌具。由有点儿家底的爷儿们出来做庄家，因为做庄家会有输赢颇大的风险的。庄家往上首一座，老少爷儿们，大小娘儿们便围了拢来。庄家端起大大的瓷碟，神色凝重地开始摇动，骰子在碟碗间碰撞，叮咚叮咚，比村头娘儿们的唱腔还动听。

张一碗就出生在埋甲村。他出生的时节已经是清朝末年了。清朝末年社会是动乱不安的，但偏偏立了那句"乱世出英雄"的古语，张一碗虽不是英雄，却在汉口有了家颇具规模的昌茂纺织厂。当然，张一碗的真名不是张一碗，他的真名是什么如今只有埋甲村五十多岁的老人知道。这"张一碗"的名号正和骰子赌博有关。张一碗在汉口有了自己的纺织厂，一年里不少时间就用在工厂的事务上，但每到过年时，张一碗一定会回埋甲村赌博。他只赌一碗，就是赌桌上只押了一边，赌注最大，其他人包括做庄家的刘银山也开不了碗的时候，这一碗就是他张一碗的。这一碗，不管输赢，他赌完了就走人。这样，"张一碗"这个名号倒成了他的真名一般。看场子看了二十多年的李二在心里记了个数，二十多年来，张一碗赢过三次。最少一次输了四百一十光洋，最多一次输了两千七百八十光洋。那赢的三次，每次赢了他都是逢着小孩儿便给压岁钱，也不知给了多少。

这一年过年时雪下得特别大，埋甲村的男女老少又围紧了赌桌。张一碗这次来得很迟，快散场了，他才现身，身边多了个穿着黑衣戴着小帽的下巴光光的瘦小老头儿。

"我和他来赌一把。"张一碗指着瘦小老头儿说，人们都停住了押钱的手。

仍然是刘银山做庄摇骰子。

瘦小老头儿拿出一个盒子，并不打开，径直押在了"双"上。

"揭！"张一碗说，语气比每一年都重。

两粒骰子，一样的两个"6"，像个大大的要吞人的窟窿。

"天牌，双。"李二嚷道，用手碰了碰那盒子。

"这真是天意了。"张一碗说罢，和瘦小老头儿走出了赌场。

"啥？那盒里是啥？"人们急切地问李二。

"没啥。只有一张写着'昌茂纺织厂'的字条。"

人们一惊，立即有人进来说，村头有好些穿着军服挂着腰刀的兵士在游走，好早就来了。

老庄家刘银山听了，长叹一声："我今年的这一碗害了张一碗啦……"

果然，第二天有人到城里一打听，到处在传说着这样一件事，昨天京城里的李公公到过埋甲村，听说是去向昌茂纺织厂的当家张一碗募集军费的。当时就遭到了张一碗的拒绝，说李公公该不是募捐赔款吧，要不就赌一碗从他手中赢走昌茂纺织厂。李公公居然在埋甲村揭了个"天牌"，让当家的张一碗拱手让出了昌茂纺织厂……

张一碗再没有回到埋甲村。

埋甲村的人们惦记着张一碗，尤其是每年过年老庄家刘银山揭不开那一碗时，人们便会异口同声地说道："要是张一碗回来就好了。"孩子们口里也念着："几年了，再没有得到一碗爷爷的压岁钱了。"

看场子出身的李二进省城办事，抽空去汉口的大赌场瞧了瞧，回来说："那场子里有个看场子的人，特像张一碗，就是身上穿着一点儿也不光鲜，他看场子猜宝是一猜一个中，但从不押钱。我叫他他也不应……"

"真个是无钱猜灵宝了。"李二加了一句，又无奈地摇了摇头。

花　小　朵

　　车子一路开过，像只找寻自己家门的大黄狗一般，快乐地向前奔跑着。

　　我们同学四个，坐在回家的车上。我们刚刚去了两百多公里外的老同学李天家里一趟。十多年了，我们和李天同学见面的次数太少了，也不知他一直在忙些什么。昨天他打电话给张书文，说他家里出了点儿事，问了情况，知道是他在生意上与人发生了纠纷，打架了，动了刀子，双方都伤得不轻。张书文联系上了我，我们就叫上了同在一座小城的王知一和陈章。我们去医院看了李天，安慰了他。见他也没有什么大碍，我们下午就往回走了。送我们来的车子有急事，上午就回去了，我们只得临时找了辆面包车，可以坐十来人的那种车，车况尚佳，价格也不高。

　　车上，我们四个人的话语也像那车轮一样，一直没有停息。同学嘛，当然有话说。张书文又一次感叹道："你们说说，这个李天，上学时连蚂蚁也怕踩的，这下子，倒动了刀子了……"

"人之初，性本善。人也是会变的，有人掐着你的脖子了，你不反抗？"我说。

我的话还没说完，有声音从车里传出来："人之初，性本善。性相近，习相远。苟不教，性乃迁……"

是个小女孩儿。我们这才觉察到车里还有一个小女孩儿。

开车的李师傅开口说话了："这是我的小女儿，今天周六，没有人带，我就带着，反正我这出租车的生意也不是太好。"

小女孩儿坐在最后一排座位上，刚才坐在前两排的我们只顾着讲话，哪里看到了她呢？

听爸爸说到她，小女孩儿走到前排，站在我身旁，说："叔叔，我能背诵《三字经》，我还能背诵《百家姓》，还能背诵好多古人说的话呢。"说着，她张口就来："赵钱孙李，周吴郑王……"

"子曰，人而无信，不知其可也。"她又开始背诵名句了。

说话的时候，小女孩儿眉角向上扬，大眼睛忽闪忽闪的，很是自信的样子。看到这可爱的小女孩儿，我作为教师的职业习惯又来了："小朋友，你还没有告诉我们，你叫什么名字哩。"

"我叫花小朵。花是花朵的花，小是大小的小，朵是花朵的朵。"她声音很大地说。我们笑了。她开车的爸爸也笑了："这小鬼，总是这样介绍自己。"

"还有一个月，我就六岁了，上幼儿园大班了。"花小朵又说。

我们的话题自然就转到了小女孩儿这里。王知一对小女孩儿说："花小朵，你能背诵古诗吗？"

"当然能啦。"她张开了小嘴："春眠不觉晓，处处闻啼鸟。夜来风雨声，花落知多少。"

"花小朵真棒！"陈章伸出了大拇指夸奖她。

我拉过小女孩儿的小手说："花小朵，你能画画吗？画一朵一朵的小花。"

"可以啊。我今天回家，就画一幅画，画一朵一朵的小花。但是你看不到了啊。"花小朵说。

"那怎么可以找到你呢？"我问。

"我在水果市场那儿住，市场路29号。你进了水果市场，就大声喊，'花小朵快出来，花小朵快下来。'我就出来了，你不就看到我的画了？"花小朵的眼睛一眨一眨的，像夜空中的星星，清澈，明亮。

"好啊，好啊，我明天就去看花小朵的画。"我很高兴能遇到这个有趣的可爱小女孩儿。

伴着一路的欢声笑语，我们回到了小城。王师傅和他的小女儿花小朵，又要开着车往回赶了。花小朵连连向我们挥手说着"再见"，我们也挥手道别，看着他们的车慢慢消失。

肚子饿了，我们同学四人忙着找家餐馆，慢慢地坐着喝酒。张书文又开始长吁短叹发表自己对人生的看法了……

周一上午上班，我刚泡了杯绿茶，还没来得及喝。病床上的李天打了电话过来："老同学啊，我的身体恢复还不错，你用不着记挂。但是，你还记得花小朵吗？你不是说好了要来看她画的画吗？怎么没来啊？刚才那开车的王师傅找到我这儿来了，说他家的花小朵啊，前天一回家就画了好多幅画，画上有着一朵又一朵的小花。昨天一整天，小女孩儿就站在她家窗子前，等着你去喊一声，花小朵快下来，花小朵快下来，可是，直到晚上，也没见你的影子……"

我拿着电话，手触电般停在了半空。

我又想起花小朵背诵诗文的样子。她摇晃着小脑袋，大眼睛清澈如水，忽闪忽闪的，像夜空中的小星星。那声音，像是小溪流在唱着歌："春眠不觉晓，处处闻啼鸟。夜来风雨声，花落知多少……"

王 脚 丫

王脚丫是我儿时的伙伴。

我们童年那会儿，是没有电视看的。夏天的夜晚，雪般晶莹的月光洒在房前屋后时，青蛙们鼓着肚子开始叫个不停，我们也热闹起来。偶尔肚子饿了的时候，就去摘人家田地里的瓜果。更多的时候，我们玩"解放军抓坏蛋"的游戏。王脚丫最来劲，嗖嗖地爬上柳树，唰唰地捯一把柳条下来，轻轻地揉成个圈，这就成了军帽。王脚丫也就成了军长，手指一点，谁谁就成了解放军，谁谁就是坏蛋。大伙儿都没有责怪，是坏蛋的立马去隐藏到黑暗处，等着解放军去寻找。

"哈哈，最狡猾的铁青也被我抓到了，连同小芳，我一个人捉了六个坏蛋……"王脚丫总是得意扬扬地向大伙儿炫耀。末了，王脚丫又一把拉过小芳："走吧，女俘虏都统统地放掉。"然后，他再让剩下的俘虏一个个蹲马步。

几乎每个有月亮的晚上，王脚丫总是想着要做军长。好几个晚上，他都是深夜回去，因为太晚了，被他爹王大头将屁股擂得鼓一样地响。他一声不吭。王大头去睡了，娘就问他："咋了，天天回来这晚，你学会的几个字都玩得不认得你了。"

"娘，我想当兵，当军长。"王脚丫杀猪一般地哭了起来。

王脚丫十五岁那年，有部队来村子里征兵。王脚丫第一个报了名。人家一看，是个屁股后还有黄泥巴的小子，一问才十五岁，一口回绝了他。第二年又征兵，王脚丫第一个进了体检室，一双烂鞋一甩开，黑黑的一双脚露了出来。王脚丫想跑出去洗一洗，被人叫住："你不用洗了。"王脚丫一脸的困惑。

"你的脚丫是鸭脚板，哪个敢要你去当兵哟。"

王脚丫懵了。来征兵的有五六个人，王脚丫一个一个地立正敬军礼，一个一个地扯住人家的袖子问："首长，我真不能当兵，真不能做军长？"人家只是一个一个地叹气摇头。

王脚丫因此得了一场病，窗外的月光再明亮，他也懒得去理。王大头请来了村里的医生，量体温，开药。王脚丫不配合，也不吃药。接连几天，他卧在房前的一个破藤条椅里，不说一句话。我从大街上买了他平时最爱吃的油条，他也不闻一下。猛然，他从破椅里一跃而起。我一惊，原来是隔壁村子的退伍军人李大个，穿着件旧军装从门前走过。那旧军装，绿绿的颜色特别惹眼。王脚丫的一双眼睛被勾了过去，直到那绿色消失成一个小点。这时，王脚丫才有了点儿精神。

他娘疼儿子，第二天就卖了家中的两只生蛋母鸡，给王脚丫买了一套"军装"——只不过是套绿颜色的衣服。王脚丫的病全好了。当晚，没有月亮，他一个一个邀我们出来玩"解放军抓坏蛋"的游戏，他像真成了军长一般。

有事没事的时候，王脚丫都会穿上他那套绿色的"军装"，很是神气。流着鼻涕的小三想要用手摸一下，被王脚丫拧了几下耳朵，说怕他的鼻涕脏了这绿色哩。

王脚丫有更神气的时候，那天去他姐家吃酒席，得坐公共汽车。座位少，穿着"军装"的王脚丫就主动站着。中途时，上来两个玩扑克的年轻人，大家一看就知道是骗钱的，不想去理。谁知，还是有人禁不住诱惑，一下子将口袋中的钱输了个精光。两个年轻人正想下车。

"站住！不能走！"王脚丫大吼一声！两个青年一看，是着军装的，一下子愣住了。王脚丫就势一手抓一个，在大家的陪同下，将他们俩送到了派出所。他们还没有回家时，王脚丫一人抓俩骗子的消息就传遍了几个村子。我们对他佩服得五体投地。

王脚丫没念完高中就退学了。在农村，王脚丫也到了找媳妇的年龄。媒婆踩坏了他家的门槛，王脚丫只是一个劲儿地摇头。娘就问他："这么俏的媳妇你打着灯笼也找不到的，你到底要哪样的媳妇哟？"王脚丫还是不说。其实和他同过班的我是知道原因的。高中只上了两年的王脚丫，成绩不怎样，但他交了一个很满意的笔友。这位笔友是在山区工作的一个女孩儿，通讯站的话务员。他曾私下里对我说："她是话务员，也是穿着绿军装哩。"没过几天，王脚丫对娘说了声"去找个人"就走了。他是去找那话务员的。

过了三天，王脚丫的爹娘正在央我一同去找脚丫时，有穿着警服的公家人找上门了。他爹娘慌得不得了，心想是不是王脚丫在外惹什么坏事了。谁知，穿着警服的两位公家人脸色却罩了层乌云一样似的说："旯旮山区派出所来电话，说一个叫王脚丫的男青年被一名逃犯刺成了重伤，正在医院抢救……"

我们都不相信这是真的。"警察，这不可能是王脚丫吧。"我大声说。

"他是不是穿着件假军装啊？"警察轻声说。我们就不再问什么了。原来，前天王脚丫赶到旮旯山区时，正赶上一大批警察在追一名杀人逃犯，穿着绿"军装"的王脚丫立马加入了战斗。谁知，他和穷凶极恶的逃犯狭路相逢，逃犯以为他真是个军人，掏出匕首对他下了重手。

我和王脚丫爹娘赶到医院时，王脚丫已经很虚弱了，几乎没有了呼吸。听见他娘的声音，他尽力睁开了眼睛。娘将耳朵贴在他的嘴上，听他哑着嗓子说话。

我也挨了过去，他声音倒大了许多："林子，你说我是不是个军人？你说我能不能做军长……"我还想着听他说话时，他已经笑着闭上了双眼。

王脚丫是穿着一套真正的军装到另一个世界去的。这是他娘特意安排的。他娘说："脚丫这下可以做军长了。"

去年春节，我回到老家去，见到了王脚丫的娘。她六十多岁了，脸上的皱纹比田里的沟壑还深。见了我，他娘说："你多好啊，脚丫若还在，也和你一般大了……"我安慰了他娘几句，不想再说下去。晚上，在老家的木床上，我做了一个梦：脚丫穿着一套崭新的军装，雄赳赳气昂昂，满脸的笑容……

大　钥　匙

　　大钥匙是一个人，一个四十多岁的男人。

　　人们和他不熟，他也和人们不熟。人们都不知道他的姓名。只因他胸口常挂着一把大钥匙，人们就自然都叫他"大钥匙"，算是他的姓名了。

　　他胸前的那把大钥匙，常年挂在胸口，但却没见生锈。倒是他的衣裳，成年脏兮兮的，似乎从来没有洗过。那把钥匙，他肯定经常用自己的衣角不停地擦拭。好几次，我看见他将钥匙放进了嘴里，不停地吮吸，应该在给他那把大钥匙做清洁工作吧。

　　我每天上班，必须经过天人广场。每次上班，我都能看见大钥匙。远远地看去，他总在找寻着什么，也许是在找人们丢失在地上的钱吧。

　　"那把大钥匙应该就是他家的钥匙了吧？"我问在广场上卖玉米棒的太婆。

"他哪里有家哟。"太婆连连摆手。

太婆见我不想走，又告诉我说："我在这广场卖玉米棒子十多年了，他来这广场也有十多年了，也不知他是从哪里来的，他很少说话，像个哑巴一样。十多年了，他多半日子是在这广场上度过的，挨饿受冻，真是可怜啊……"

太婆话匣子一打开，说个不停。

再次见到大钥匙的时候，是在翠苑小区。大钥匙像只小鸡一样，被两个男青年拎着。大钥匙的头上、身上全是伤。一旁的红衣妇女大声地指着大钥匙骂："不要脸的东西，还想进我们家来偷盗，真是瞎了你的狗眼了……大家看看，我家儿子刚才放学回家，这东西就偷偷地跟上了，胆子大得很啦，居然跟到了家门口，我家儿子正掏出钥匙准备开门时，他就一把将我儿子的钥匙抢了过去。好在我正在家中，打开门看见了，一下子就将他给逮住了。要是我家里没人，不知道这东西会干些什么伤天害理的事出来……"

大钥匙刚才肯定遭到了一顿打。一会儿，110来了，将大钥匙带走了。我想说点儿什么，但什么也没说出口。

接下来的几天，广场上就没见着大钥匙了。

一个月后，我到实验小学去接女儿。一阵叫喊声响起："快抓住他！"然后就有人被路过的胖巡警扑倒在地。我一看，又是大钥匙。他刚才拦住了一个七八岁的小男孩儿，要抢那小男孩儿挂在脖子上的钥匙。大钥匙当场又被带走了。

这个大钥匙真是个不干好事的家伙了。我心想。

几天后的端午节，广场上虽然人山人海，但我还是看见了大钥匙。他的脸上还带着伤疤。我就抱怨起那些不作为的警察来，为什么不将大钥匙这些做坏事的家伙多关上几天？

就在广场上的人慢慢散去的时候，人群中出现了骚乱。一辆红色小汽车，司机像是喝醉了酒一样，肆无忌惮地向广场冲来。人们纷纷避让，生怕自己被撞上。一个七八岁的小男孩儿，吓得不知所措，蹲在了广场上。那小汽车，像支箭一样，就要射向小男孩儿。就在人们吓得就要闭上眼睛的时候，一个瘦小的身影飞向了小男孩儿，一把推开了小男孩儿。

是大钥匙！

他像一朵花一样，盛开在了广场上。那把大钥匙，挂在他的胸前，像那鲜嫩的花蕊。

小汽车被迫停了下来。司机是个女子，因为感情受挫，喝多了酒，居然开车发泄。

前来处理事故的胖警察泪流满面："你们知道不？大钥匙从没有做过坏事。他在十三年前来到我们这个小城，他是来寻找他儿子的。十三年前，他七岁的儿子被人贩子拐走了。他只是听人说，人贩子将儿子卖到了这里，他就想着在这里找到自己的儿子。可是这些年来，他的钱花光了，人也急疯了，也不会说话了。他只想找到自己的儿子，于是，只要是挂着钥匙的七八岁小男孩儿，他都会上去看一看，想拉下小男孩儿的钥匙，和自己胸前的钥匙比对比对，如果是一样的型号，那一定就是他的儿子……可是他没想到，十三年过去了，他的儿子已经二十岁上下了啊……"

三天后，市公安局为大钥匙举行了葬礼。长长的追悼会队伍里有一个我，我的身边，还有那个卖玉米棒子的太婆。

点 亮 路 灯

这是一栋新建的单元楼，六层。

每层住两户人家，每户人家门口都有一个路灯，每户人家的路灯当然连着自家的电表。

这样，每层楼的楼梯口都有两盏路灯。夜幕降临，这栋楼灯火通明。

"每层楼两盏路灯，太浪费了。"有人说。

"是的，得拿掉一盏才算节约哟。"有人附和，"拿掉一盏路灯当然简单，将灯泡轻轻拧下来就行了。"

第二天，二楼、三楼、六楼，果然只剩下了一盏路灯。第三天，每层楼都只剩下了一盏路灯。

可是第四天，整栋楼都没有路灯了，就像约好了似的。每层楼留下路灯的住户说："凭什么留下我家的这一盏？多耗电啊……"晚上，整栋楼一片漆黑。

接连两天，整栋楼晚上漆黑一片。

有一家住户有孩子上学，需要路灯照明，就说："这样吧，每层楼的路灯都由我来安装，都接到我家的电表上吧，所有的电费我出了。"

但有人立即回击："难道你家比我们都有钱啊？"声音不大．想安装路灯的住户也就不出声了。

有住户建议："这样，每层楼安装一个路灯，装个电表，电费每年一结算，大家平均分摊。"

还是有人反对："你来组织收钱安装电表，你来收电费好了。"

又度过了一个没有路灯的夜晚。

年纪最大的住户沉不住气了："我看啊，每层楼的两个住户，左边的住户在单月时点亮路灯，右边的住户在双月时点亮路灯，也免去了收钱之苦。"

大家觉得这建议不错，纷纷说"姜还是老的辣"啊。

月底的时候，左边的住户就拧下了灯泡，右边的住户将灯泡拧上去。

过了两天，又出现了问题。左边的住户说："我们单月点亮路灯，算一算，每年的单月比双月多好几天呢？这也不公平。"

于是又有人建议："那这样，我们将灯泡每天一换，今天你，明天他，这样多合理！"

大家都点头同意，都说这样合理得多。

可还是有个新问题。这问题是低楼层住户提出来的。一楼的住户说："我们楼层低，几乎没有上楼的机会。可是，我们家门口的路灯亮得时间肯定比楼上的时间长。这个问题，怎么解决啊……"

朋　　友

　　窗外的夜色真是浓啊，半颗星也见不着。亮如白昼的路灯似乎在提醒着刘天，时间已经不早了。

　　偌大的总经理办公室也只剩下了刘天。刘天将嘴上的烟用力地吸了吸，猛地吐出烟圈。他在为公司的订货会发愁。早年，他从老家义乌走了出来，如今，经过多年的打拼，他经营的利人服饰也算是个品牌了，他想着将利人服饰品牌做得更好。他知道，每一个义乌人都懂得市场的重要，知晓市场就是生意人的命根。上个月，他得知了一些内幕消息：下周有两个大型订货会要召开。其中在中海市的订货会，利人服饰早就挤了进去，听说订货量还挺可观的。这得感谢老同学张明，他的人脉才真算是广哩。有了张明，在中海的订货会刘天是不用愁的。有了朋友就是好，刘天心想。

　　另一场更大的订货会在深地市。深地市并不大，但一直是利人服饰的旺销地。深地市还有一家很有实力的里人服饰公司。有了它的竞争，刘天没睡过一个好觉。但是，义乌人是从来不害怕竞争对手的。有了对手，也许更能促进自己公司的发展呢，刘天心里想着。可是，每次利人服饰发布新产品，里人服饰几乎在第二天就出现了类似的产品。刘天就不得不再下命令，让设计师们又开始马不停蹄地设计新款。就在昨天，刘天托人物色到了当今最红的服装模特佳儿。他准备让佳儿在T台上走上两趟，添些人气。想不到，今天上午佳儿就说身体不舒服，请了假。市场部的人说，好像看见里人服饰有人找过佳儿。刘天是越想越生气。有朋友帮忙该是多好啊，不想还出了这种不要脸的对手。他不由得叹了长长的一口气。

电话响了，是秘书打进来的："刘总，我们刚刚得知，里人服饰的老总李杰文请了个英国女模特，还有，他们又设计了一款新上衣，可能会在两只袖子上做文章，故意搞一种不对称样式……"

刘天顿了一下，说："请你连夜召集设计部人员，我亲自给他们开会，我们要设计出一种更时尚的女装……还有，你明天联系一下京都国际模特公司……"

两场订货会第二天就将同时举行，刘天的心里也有了些谱。中海市的订货，靠着老朋友老同学张明的帮忙，那订单不像雪片一样飞来才怪。可在深地市，刘天心里就没底了。那强劲的对手里人服饰，不知又会出些什么招数。说不好啊，这次利人服饰在深地市会遭遇一次滑铁卢。不过说回来，在深地的这场订货会，他刘天还是有所准备的。

订货会如期举行，刘天坐镇深地市。果然，里人服饰出了单袖的新款女装。走上T台的真的是个蓝眼睛的英国模特。订货商一下子都想往里人服饰那边挤。刘天不慌，一挥手，一个金发碧眼的法国模特走上T台，穿着一套最新样式的女装。订货商们眼睛一亮，又忙着朝利人服饰挤了过来。

刘天的脸上堆满了笑。他正想打电话问问中海那边的情况，秘书倒先打了过来："刘总，您的老朋友张明不见人影啊。"

"那他人呢？"刘天急了。

"听说，听说前天就不见他人了……"

订货会结束时，秘书向刘天汇报订货情况。深地市订货会，利人服饰与里人服饰平分秋色。中海市订货会，只有不多的五张订单。

"刘总，为了利人服饰以后在中海的市场，您是不是应该再给老朋友张秘书长打个电话？"秘书又说。

刘天点燃了一支烟，慢慢地说："不慌，不慌，你先替我找到一个朋友的电话号码，他是我们真正的朋友。"

"谁？"

"里人服饰老总李杰文。"刘天说着，吐出一个大大的烟圈。他的心里知道，从义乌走出来的自己，真正的朋友不应该是老同学张明张秘书长。自己的对手，才是真正的朋友。

我找李三多

好不容易盼来了个休息日，我睡到了自然醒。开了手机，我想着找点儿娱乐活动。

我正刷牙时，来了电话。我匆匆地丢下牙刷，来接电话，是个陌生号码。

"你到哪儿快活去了，快说？"电话那头是个女人的声音，我感觉有点儿凶。

"请问你是……"我还没说完，那头就又传来了声音，"我是刘芳啊，我找李三多。"

"我不是李三多。"我说。

"你不要装了！你的号码，我能将它倒背如流了，你就是李三多。"女子说。

"我真的不是。"

"你不是？那么李三多一定在你这儿。"女子很肯定地说。

"我是张三，我不知道你说的李三多在哪儿。"我又说。说完，我挂了电话。我得去洗脸。

脸还没洗完，电话又来了，还是刚才那个号码。我接通了电话。还是那个女人的声音："你不是李三多，那李三多肯定在你这儿，他不在你这儿，那你一定知道他在哪儿。"

"我真不知道。"我说。

"可李三多留下的就是这个号码，烧成灰我也记得的。"女人很坚定地说。

"请你不要打扰我了。我是张三。"我说，很严肃的语气。

这一说，女人哭了起来："呜……我知道你在骗我。那你要告诉李三多，我不想活了，孩子也不想活了。"我正想挂电话，一听她这么说，知道这里面有文章。

我想了想，说："那你能对我说说你的事吗？"女人没有回答，只是哭："你就对李三多说，我和孩子都不想活了。呜……"然后，她就挂了电话。

我急匆匆地洗了把脸，一想，丢下这事不管，说不定真会出人命哩。于是，我拨通了110，将刚才的情况说了一遍。我给警察留下了那女子的电话号码，说："说不定那女子和孩子真会自杀啊。"

我担心那女人真出什么事，又回拨了她的电话。女人说话的语气比刚才平静多了，她在反问："你不是李三多，那你为什么要打我电话？"

"我不是李三多，我是张三，我希望你想开一点儿，人的一生中没有什么解不开的结，活着，比什么都重要……"我滔滔不绝地说。

"你不是李三多，你和我说这些话有什么作用？"女子说。

"我是，我是……那你能把你的情况告诉我吗？"我说。

"你骗我，你不是李三多。你要是李三多，你为什么刚才不承认？你是骗子，李三多是骗子……"女子的声音大了一些。她挂了电话。

我放下手机，想知道110的处理情况。电话又想了起来，我一接，又是那个女人的声音："你到底在和谁打电话，这么长的时间？你买菜了没？还没买的话吃什么啊？"

"你是谁？"我问。

"你不是张三吗？我是你的老婆啊。"对方说。

"我是张三吗？我是李三多啊。"我说。

"神经病！"对方骂了我一句，挂了电话。

我再拨打110的时候，总是占线。回拨先前那女子的电话，回应是"不在服务区"。

我走上了街，在报刊亭买了份晚报。我买到的是最后一份晚报，我一看，周围的人们都拿着份晚报。一个大妈走近我说："哎，你看了报纸没？不知道有没有女人自杀的消息？"

我一惊，晚报掉在了地上。

墨　宝

王家有墨宝，名曰《兰亭集序》。这《兰亭集序》，当然不是王羲之老先生的真迹，亦非后世欧阳询、冯承素等大家的摹本，大约是明朝时期一位王姓书家留下的墨宝。

这些话当然是如今王家的主人所说。王家主人王平，也是读过几本线装书的人，说些文人的轶事，滔滔不绝。能言善辩的才能让他成了一个小生意人，经营着自家的小副食店。家中的《兰亭集序》，是他王家祖上传下来的。爷爷传给他父亲，七十六岁的父亲在弥留之际才将这宝物传与他。想想也是，即便是明朝的一张纸片，到了这20世纪80年代，也算是值钱的文物了，更何况是《兰亭集序》，而且还是王姓祖人书写的。

这祖上传下的《兰亭集序》，肯定是王家的传家宝贝了。

成了小生意人的王平，没能够写上毛笔字，成为王家书法传人。他将希望寄托在了儿子王如飞身上。王如飞才十岁，读小学四年级。练习书法，得从小抓起。事不宜迟，刚上小学四年级的王如飞，被父亲王平请到了新买的大方桌边。大方桌上，笔墨纸砚俱全。大方桌正对面，传家宝《兰亭集序》挂在墙上。

他让儿子临摹《兰亭集序》。

儿子王如飞也不反抗，写写毛笔字，总比干巴巴地做作业强多了。做完老师布置的作业，拿起一旁的大毛笔，可以自由地横竖运笔，王如飞似乎如鱼得水一般。练习完基本笔画，王平就让儿子学着临摹《兰亭集序》。临摹了两个多月，有些样子了。这一天，儿子王如飞带回了班上的同学李丁，两人一块儿做作业，做完了作业，两人一块儿临摹《兰亭集序》。才过了两周，李丁做完作业临摹了字帖回家之后，王平把儿子叫过来说："如飞啊，知道你的同学李丁来做什么吗？"儿子摇了摇头，一脸茫然。王平就拉过儿子，说："我给你讲个故事吧。"

故事说的是王羲之将《兰亭集序》传给七世孙智永和尚。和尚没有子嗣，又将《兰亭集序》传给了最得意的弟子辩才和尚。辩才和尚当作宝贝一样地保护着《兰亭集序》。这一年，他结识了一个落魄书生萧翼。萧书生每日与辩才饮酒赋诗，弈棋游乐，很是投缘。几个月之后，两人醉了一场酒。酒醒之时，萧书生不见了，墨宝《兰亭集序》也不见了。原来，这萧书生正是当朝天子李世民派来赚走宝贝之人。

儿子听到这里，就懂了大意："爸，你是说，我同学李丁，他不是来和我一同做作业、练书法的，是来偷取我家的宝贝的？"王平摸了摸儿子的头，竖起了大拇指。

但是，王如飞不能拒绝同学李丁来做作业的请求。李丁是学校李校长家的孩子，李丁要来，王如飞当然同意。只是，每天傍晚，从做作业开始，王如飞的心就挂在了那幅《兰亭集序》上。等到临摹时，王如飞的眼睛也就盯在了《兰亭集序》的每个字上，他担心，李丁会在哪一刻偷走他家的传世宝贝。那个李丁呢，一副没事的样子，潜心书写着每一笔每一画。可是，李丁越静，王如飞就觉得他来偷宝贝的可能性就更大。有时，做着生意的王平也不放心，进到书房里，看两个孩子练习书法。其实，他也是担心着，这个李丁在打着什么坏主意。

王平想过取下那幅传家宝贝，但他没有，一则儿子要练习，二则前不久李校长打电话来了，感谢王家提供了场所让儿子李丁做作业、练习书法。他觉得，自己犯不着得罪李校长，儿子也犯不着和同学李丁关系闹僵。他俩在一块儿练习就练习吧，只要他和儿子多留心点儿就行了。

王平和儿子王如飞的眼睛，一双长在了自家书房墙上的《兰亭集序》，一双长在了李丁身上。李丁呢，每天认真地做完作业，然后全身心地投入到《兰亭集序》的临摹之中。

时间飞快，王如飞和李丁就要进入到中学学习了。儿子王如飞拉住爸爸王平，说："你不是说李丁瞄上了我们家的墨宝吗？三年了，为什么宝贝还是挂在我们家的墙上纹丝不动？"王平一言不发，好久，才说："你看，他不是没有偷走我们家的宝贝吗？"

这一年八月，全省中小学生书法大赛作品展在省城文化宫举行。展览大厅的正前方，悬挂着一幅新近临摹的《兰亭集序》这幅作品行笔生动，气韵流畅。细看，墨色如烟，跃然纸上，摹写精细，牵丝连带，纤毫毕现。数百字之文，无字不用牵丝，俯仰袅娜，多而不觉其佻，其笔法、墨气、行款、神韵，像极了王羲之原作之风貌。画作的落款处，附上了小小的"李丁"二字。

王平和儿子王如飞站在画作前，沉默了很久。王平这才想到了儿子王如飞的书法水平，前天儿子也临摹了一幅《兰亭集序》，他实在难以启齿。

他拉过儿子王如飞，喃喃地说道："李丁偷走了我们家的墨宝了，李丁偷走了我们家的墨宝了……"王如飞满脸的疑惑："没有啊，我们家的《兰亭集序》不是还好好地挂在书房的墙上吗？"

归　　案

　　做刑警三十多年了，刑警队长李书成头一回遇到了一件棘手的事。

　　城东市场的凶杀案告破了，凶手是爱民路的王大力。可是，等到李书成他们赶到爱民路25号王大力家的时候，王大力已经没了踪影。凭着多年的经验，从屋内凌乱的场景推测，李书成知道王大力刚刚离开小屋不超过两小时，但是进一步推测，王大力可能仓皇逃出了这座小城。

　　屋里其实还有人——王大力三岁的儿子王小丁。

　　王大力逃跑得太匆忙，他知道带上儿子就只能束手就擒，将儿子留在家中，警察当然不会对他的儿子怎么样。李书成进到小屋的时候，王小丁跑过来拉住了他的手："警察伯伯，我的爸爸呢？他去了哪儿？他怎么还不回来？"李书成想了想，摸着王小丁的小脑袋说："你的爸爸啊，他出去赚钱了，赚钱了肯定给你买好吃的东西回来。"

　　现在棘手的事是，王大力没抓着，却落下个三岁的王小丁在手中。

他们早就调查过王大力。王大力是独子，父母十多年前就去世了，可以算得上是个孤儿。王大力夫妻两人关系一直不好。妻子生下儿子的第二个月，就远走高飞不知道去哪儿了。

三个多小时过去了，王大力还是没有回来，儿子王小丁开始哭起来。李书成抱起王小丁说："走，王小丁，我们出去吃肯德基。"王小丁顿时不哭了。刚进刑警队不久的张二平想从李书成手里接过王小丁，王小丁连连摆手。张二平倒有些生气了："这小子，倒是只认这个李伯伯啊。李队啊，那这小家伙就得麻烦你了。"

当晚，安排人在王大力家周围蹲守后，就像顺理成章一样，三小丁住进了李书成家中。李书成的妻子陈兰似乎有些不高兴："看看，你家的小子去年大学毕业刚刚参加工作，好不容易轻松一些，你倒好，做个警察还带了个小包袱回来了。"

李书成只有劝妻子："这也是没有办法了啊。正好，我们家中的孩子不在家，这小家伙一来，我们家只当是又生了一个小子了，不也是很有乐趣？"说着，他哈哈大笑起来。陈兰想想也是，只当自己又多生了一个儿子吧。

王小丁第二天得继续上学。李书成知道这事不能耽搁，他早早起床，将王小丁送到了国庆路小学，将情况对老师讲清楚。放学的时候，李书成没有时间，接王小丁回来的任务自然又落到了陈兰身上。再上学，有时就是刑警队的干警们送去学校，接回家里。晚上睡觉之前，陈兰总会给王小丁讲一个童话故事，让王小丁好入睡。

张二平提醒队长李书成："要是那王大力潜回来，将王小丁偷偷带走了怎么办啊？"

李书成就只是笑："这也行啊，王小丁是他的儿子嘛。但是，王大力一回来，他不担心被随时布控的我们抓住吗？我们现在啊，好好伺候王小丁这小祖宗就是了。"

　　王小丁时不时地就问李书成："李伯伯，我爸爸到哪儿去赚钱了？怎么还不回来啊？"李书成和陈兰就好好地安慰王小丁："小丁啊，你爸爸到很远很远的地方去赚很多很多的钱了，他会回来的……"

　　这边王小丁的生活过得习惯了，刑警队的压力却大了起来。凶手王大力一直没能归案，公安局党委会上，李书成挨过几回无声的批评了。之前，公安局杨副局长说过几回，说得组织警力到王大力可能去的地方抓捕。可让李书成给拦住了："这像大海捞针一般，得多少警力啊？不行！有目标了再行动。"

　　王大力没有归案，王小丁的生活还是由李书成夫妇照料着。一晃半年过去了，王小丁似乎成了李书成家中的小儿子一样，亲热地叫着他"伯伯"，叫陈兰"大妈"，让老两口心里像吃了蜜一样甜。

　　就在杨副局长又一次责问刑警队长李书成"王大力怎么还不归案"的那个黄昏，一个身影走进了刑警队大院。张二平一眼就看出是王大力，他喊着"王大力"，和队里的同事们将手中的枪上了膛，准备将王大力就地擒拿。王大力先开口了："各位警察，我是来投案自首的。"说着，他举起了自己的双手。

　　给王大力戴上了手铐，正要紧锣密鼓地提审，王大力却哽咽着说："李队，能不能让我先看看我的儿子王小丁？我知道你们一直都好好地照顾着他。谢谢你们了。我实在是太想他了，我太想我的儿子了……"说着，身材魁梧的王大力大声地哭了起来。

　　然后，事情比想象中要顺利得多。王大力对城东市场的凶杀案供认不讳，并指认了现场。他平静地等待着法院最后的宣判。

　　刑警队的气氛轻松多了。张二平问李书成："李队啊，为什么你不同意动用大批警力去抓捕王大力呢？当初你是不是就断定王大力会投案自首？”

　　李书成笑了："小子，多学学吧。其实，只要是人，即使他是一个罪犯，也无法忍受失去亲人之痛。"

　　说完，李书成拨通了陈兰的电话："老婆啊，我们家那小子多少天没有打电话问候咱俩了啊？"

利　　剑

剑五在心里琢磨着他的碎花剑法。

剑五三岁时开始跟着师傅天剑大师学剑，到今年已经有三十个年头了。师傅的圆天剑法他早已烂熟于心，和三五个剑师打斗，剑五也是游刃有余。师傅去年冬天去世了，临终前交代剑五："剑师者，必有自己所创之剑法。要想成为真正的剑师，就得创立剑法。"

于是，剑五创立了碎花剑法。碎花剑法取自师傅的圆天剑法，但用力要大，出剑要猛，挥剑要迅疾。一朵花抛洒到空中，只出一剑，花成了碎片，花萼却完好无损。有好几次，剑五都将花萼斩成了碎片。他知道师傅如果在世，他是要受到训斥的。为剑者，是不会使出十分的力量的。心太毒，永远也练不出最高层次的剑法。

他得挑战自己。

但先有人来向他挑战了。挑战者是刘庄的鞭王刘。鞭王刘有一条祖传的鞭子，八米长。鞭子挥起的时候，旁人是近不了身的。鞭王刘每年都要找人比试比试。比试的内容很简单，就是比试者双双蒙上眼睛，然后使出自己的本事来上一番决斗。当然，参与比试者是需要勇气的，因为有一个原则，那就是比试者死伤自负。比试现场会有郎中，为伤者敷药，为死者验伤。到场的郎中无不是医术精湛者，李家台的李神医、开封府的张太医，都曾到场亮过相。

剑五知道，他得应战。从他接到鞭王刘的挑战书那天开始，他就知道自己不能退却了。他不怕死，但他怕的是有辱于师傅在世时的英名。他知道自己不能够失败。

他又开始潜心研究自己的碎花剑谱。他得完善自己的碎花剑法。

眼看赛期一天天地近了，剑五的剑法也一天天成熟了。徒儿小青想试试剑五，拿了朵栀子花朝空中一抛，剑五轻轻出剑，花片成了碎片，小小的花萼完整无缺。

比试的地点选在了沧州擂台，这是个几百年的大擂台。方圆几百里的比试，排得上号的，都在这儿举行。比试不售门票，观众自由出入。

鞭王刘先上场，那根八米长的鞭子一亮相，下边的观众喝彩声就响了起来。"啪"的一声响，鞭子响了起来，如雷鸣一般。剑五跳上了擂台，反着身子亮出了剑。剑五的身体明显比鞭王刘要瘦小。看了鞭王刘，再看剑五，人们就觉得剑五像只猴子了。有人开始对着剑五笑。

人们伸长了脖子，等待着这场好戏上演。

裁判是年过八旬的肖六爷，他公正，有威望。两人用黑布蒙上双眼，肖六爷一声干咳，叫了声"起"，比试算是开始了。

鞭王刘抡起了长鞭，"啪啪"的响声接连不断。剑五根本近不了身。剑五也不停地挥舞着手中的长剑，不让鞭王刘的鞭子射过来。你进我闪，你退我攻，两人交手了六十多个回合，居然都没能近身。

人们屏气凝神，知道两人算是遇上对手了。

双方都等着对手的破绽。就在鞭王刘扬鞭的那瞬间，剑五瞅准了机会，刺过一剑。鞭王刘訇然倒地。等到他的徒弟们上前时，鞭王刘已经闭上了双眼。肖六爷拉过剑五的手，举了起来。验伤的郎中急忙走上擂台，捏了捏鞭王刘的鼻子，摇了摇头，走了下去。

剑五胜利了。剑五知道，这下可以为师傅争光了。

剑五和师兄弟们一起往回走，还没有到家，就听到后头有人说："那剑五什么狗屁剑术？使了下三烂手段，他的剑上有剧毒，所以鞭王刘才会一剑丧命。"

"这可不是乱说的，是验伤的郎中亲口说出来的。"一个人又说。

"还用郎中说吗？咱明眼人一看就知道，那鞭王刘的颈上就一道口子，能丧命吗？肯定有毒，肯定是剧毒！"又一个人说。

师兄弟们围住了剑五，要他说个明白。

"你不说清楚啊，你就有辱师门。"师兄说。

"你使了毒药，你不是我们天剑师祖的徒弟。"是那些小徒弟的声音。

"我会告诉你们的。"剑五轻轻地丢下了一句话，一会儿消失得没了踪影。

有拿着长鞭的人从后头跟了上来，要向剑五讨要说法。

第二天清晨，人们正等着剑五回来的时候，等来了府衙的差役。差役气喘吁吁："剑五倒在了沧州擂台上，早就没气了，他的颈部，和刚死去的鞭王刘一样，有一道口子。"

"那剑五为什么死去了啊？"大伙儿都围上来问。差役连连摇头。

剑五最好的师弟剑八带着师兄弟们连忙去了沧州擂台，在剑五的贴身上衣里摸出了本薄薄的《碎花剑谱》。剑谱的最后一页写着：一剑封喉术，四两拨千斤，伤者毙命，外观伤痕如线……

长江路 98 号

郑直这几天头顶总飘着块乌云一样，一直愁眉苦脸。

他在毛巾厂上班，自己每月的工资没少一分，但是工资是眉毛物价是头发，头发像野草样疯长，眉毛总是纹丝不动。老婆娟子的小吃摊前几天让城管给收了，正想法托人去将摊车要回来。收入少多了，他不得不叮嘱娟子每天买菜时仔细问问价，要不，就每天下午去买菜，也许还能捡到那不用掏钱的青菜，或许还有活蹦乱跳的几条小泥鳅。

儿子小天说，学校又要交补课费了，每人每月三百元，不然，就得坐到教室最后一排去。

乡下的父亲来电话说，母亲的高血压病又犯得厉害，说不定得住院了。

生活就是副重担，重重地压在郑直并不高大的身躯上。

但不走运的郑直偏偏幸运了一回，他捡到了一个钱包。

就在昨天下班回家的时候，他步行经过民主路路口，一个钱包张着大口对着前行的郑直。路过的人一个又一个，都像没看见一样。郑直捡起了它。他还在那儿站了站，喊了几声："谁的钱包？谁的钱包？"可是，除了几个人像看外星人一样，又像看骗子一样，看了他几眼，没有谁理会他。

他将钱包放进了自己的口袋，回到了家。

娟子刚从菜场回来，正在择菜，青菜的黄叶不多。见了郑直，娟子很高兴地打招呼："回来了，一会儿就吃饭了。"儿子小天正在聚精会神地做作业。

郑直没有接上娟子的话，却将娟子拉进房间，神秘地拿出了那个钱包："娟子你看，我刚才捡到一个钱包。"说着他打开了钱包。他一张一张地数着百元钞票，娟子也一张一张地随着数着数目。

有十八张百元的，还有几张十元、一元的，一共是一千八百四十三元钱，还有一张身份证、两张银行卡。

娟子兴奋不已："我们家的郑直啊，也有这样的好机会，这下好了，小天的钱明天就能交上了……"

郑直也激动，心想，银行卡上的钱不可能取得出，但那一千八百多元钱已是不少了。这下也能为母亲买点儿好一些的治疗高血压的药了。还有，这些天，家中的生活也能改善改善了。

"可是，这钱，我们能用吗？"郑直在口中呢喃着，声音很小。但老婆娟子还是听到了。娟子一向都是听郑直的话的。她也就想：这钱，我们能用吗？

夫妻两个就都不作声了。

娟子看那张身份证，身份证上的人名和地址写得清清楚楚：李大林，长江路98号。

过了好一会儿，郑直说："明天，我们将钱还给人家吧。"

第二天，郑直上中班，中午十二点接班。他得在十二点之前将钱包归还给李大林。郑直不知道长江路在哪儿，就问了问邻居，邻居想了想说："应该在城东工业园那儿吧。我们这是城西，得打的去才好，坐公共汽车得两个多小时哩。"

郑直起了个大早，匆匆吃了两个馒头就上了公汽。他当然不会打的，那得一百多元哩。公汽上的人照样很多，郑直将李大林的钱包揣在怀中，紧紧地。他转了三次车才到长江路。他下了车。

长江路98号，他一路走着，数着门牌号。这条路上大多是大公司和工厂，比他住的城西气派多了。郑直也顾不上看东看西，他只一心想着将钱包迅速归还后再去接班。

他终于找到了98号。这里是一家大公司，瑞生生物科技。门口有两个保安站岗，郑直走过去，保安叫道："做什么啊？"郑直说："我找李大林。"

保安仔细看了他几眼，说："你找他做什么？"

"我捡到了他的钱包，想还给他。"郑直说。

听了这话，保安拿出了登记本，让郑直登记，说："他在办公大楼八楼，你去找吧。"

好不容易到了办公大楼八楼，郑直又让人拦住了："请问你来这儿有事吗？"一个漂亮的女秘书说。

"我想找一下李大林。"郑直说。

"你和他有预约吗？"女秘书又问。

"是这样的，我昨天捡到了李大林的钱包，今天想来还给他。"郑直又说。

"那请你也等一等，前边已经有三个人预约了。"女秘书说完头也不回地走了。

郑直看了看时间，现在是九点二十，要是半小时后还不能往回赶的话，上班就得迟到了。他就又想找一找那个女秘书，让她给说一说，可是哪里还有她的人影？

九点四十五分，女秘书探出了脑袋："李总说让你进来。"

郑直看了看办公室的标牌，上面写着"董事长办公室"几个字。他走进去，一个男子正在拨打着电话。办公室里富丽堂皇的装潢，郑直只在电视剧上见过。

"我要找李大林。"郑直对不停打着电话的男子说。

男子这才停下来，说："我就是李大林。"

"是这样，李大林，我昨天在民主路路口捡到了你的钱包，里面有一千八百四十三元钱、一张身份证、两张银行卡。现在，我归还给你。"郑直说。郑直其实早已记住了身份证上照片的样子，看来这个人是李大林没错。

"好的，好的。"男子说。

"里面有一千八百四十三元钱、一张身份证、两张银行卡。请你清点一下。"郑直又说。

"那……你放在办公桌上吧。"男子说着，用手指了指他不远处的一张桌子。一个电话打进来，男子又拿起了电话。

放下钱包，郑直大踏步迈出了董事长办公室。

他在长江路口等公汽。这时候回去，上班应该不会迟到。

他望了望天，没有一丝风。天边不远处的一大块乌云，好像就要压向他的头顶。

是我记错了

我的电动车不见了。

就在前天下午，我骑着电动车去市行政服务中心办点儿事，事情办完了，却找不着我的电动车了。那天办的事也不大，就是在行政服务中心给家里的营业执照换个证。办事前前后后不到二十分钟的时间，可是，我一出行政服务中心的大门，电动车却不见了。

我的电动车是上个月才买的，花了三千八百元钱，买的时候我选择了红色，我觉得这颜色大方。骑了还不到一个月时间，就让我给弄丢了。

我在行政服务中心的周围找了半个多小时，在那个自行车、电动车、摩托车成堆的车棚里耐心地寻找，睁大了眼睛一辆车一辆车地排查，还是不见我的电动车。其实我清楚地记得我是停在车棚的最左边的，因为我知道我办事的时间不会太长，我会马上就离开的。我认真地给电动车上了两道锁，轮头锁是第一道，第二道是我自配的一把大锁。

我问了问门卫。门卫是个三十多岁的汉子，他穿着制服，一本正经地告诉我："是不是你有同伴骑走了啊？"我摇了摇头，我明明是一个人来的。

我想了想，这门口不是有监控吗？那我可以看看监控啊。

于是我向门卫提出了看监控的要求。他倒是很热心，请示了他的领导。我和他一起调出了下午的监控。很快，我就看到了我那辆大红色的电动车，在下午三点二十二分出了大门。那个时候，我正在行政服务中心大厅办事。监控上显示，坐在电动车上的有两个人。骑车人是个三十多岁的女性，穿着件米色上衣，国字脸，脖子上还围了条紫色的围巾，坐在后边的是个四十多岁的男性，他用手中的报纸有意地遮挡着自己的脸部。

我拿出手机，将监控画面拍了下来。其实，不用看照片，我已将画面上的两个人的样子熟记于心了。

我马上向公安机关报了警。接警的民警立即赶来了，他安慰我说："我们尽力帮你吧，但不一定能找到。"我知道这种事太多了，事情太小，公安机关不会轻易动用警力来调查。这丢失自行车、电动车的事，只能看失主的运气了，说不定当天就能找到，说不定永远找不着。

我不想这样不了了之。我想到我有QQ、微博和微信，我可以向亲朋好友们求助。说做就做，我将拍下来的三张清晰一些的图片发在了QQ、微博和微信，并写了几句求助的话语。我有不少的朋友，另外作为教师，还有很多学生，他们都可以帮我转发帮我寻找。

很快，他们之中有人回话了，大多是安慰我的。有的说，破财免灾。有的说，也许人家只是借用两天，用完了就会归还的。

我心里只是苦笑。但愿，我的电动车会回来。

昨天上午，我的微信中回话的人变多了。

朋友小唐说："这个人我好像在哪儿见过。"

马上就有人回应："那就好好回忆一下啊。"

"这个是……"我最好的朋友王兵说了句半截话。

"你说啊，说出来啊……"有人催促王兵。

一会儿，又有人留言："这画面上的女人，我见过，我认识，她常出现在东区菜场。"

有人又说："她常常在长江路上逛街。"

有人回应："哦，是她。"

我正想问明白是哪个，但马上王兵就发给我私信：陈老师，你是不是记错了，你停放电动车的地点应该在车棚右边吧。

我认真地回忆了一下，我当时确实停放在车棚左边啊。我准备回个信息给他，另外好几个朋友的私信又传了过来。私信的说法不同，但意思却是一样，他们认为我记错了，说我的电动车当时应该停放在车棚右边，不信可以去看看。

我就不信了。我马上打的去了行政服务中心的车棚。果然，就在车棚的最右边，我的红色电动车稳稳地停放在那儿。那大红的颜色，似乎有人擦拭过，显得更鲜艳了。

我骑回了我的电动车。回到家我马上回复了我的朋友们：谢谢大家的关心，我的电动车没有弄丢。对不起大家，是我记错了。那天中午我在家中喝了点儿酒，将电动车停放的地点记错了。

发完消息，我苦笑了一下。

辑四／一只鞋

　　她鞋店的标志，是一只鞋，是黑色的面料上绣着金色菊花的老人鞋。那菊花一年四季都鲜艳地开着。

天　　使

午后的阳光像金子一样洒在这条小街，不远处的河面吹来清凉的风。

杰非逊又重重地叹了一口气。要是在前些年，或者只是两年前，这样的时节，他一定惬意地坐在石街的石凳上，慢慢地铺开画架，轻轻地挥动画笔，柔柔地将小街的风景缩进自己的画板上。

可是，他不能这样做，他现在没有心情。

这条小街，在这座小城以艺术闻名。艺术的气息，吸引着世界各地的艺术家们。画家、作家、音乐家，他们像一只只飞翔的鸟，飞到了这座小街，追寻着自己心中的艺术。但是，梦想与现实总是有着出入，有着天壤之别。这两年，艺术的环境太坏了，不知是因为经济萧条，还是其他说不清的原因，艺术家们的作品不值钱。艺术家们似乎被淹没了一般，都没什么名气。上个月，一幅世界名画，在纽约也只拍卖出了六千美元。

画家、作家、音乐家，这些艺术家像破产的小作坊主一样，艰辛地朝着梦想行走。他们卖不出自己的作品，他们也没有经纪人。他们的生活举步维艰。好些日子，那位六十多岁的音乐家布克，一天只能吃上一顿饭了。

"杰非逊，你家不是有钱吗？"作家马克在今年春天，向他打趣道，"那你救救大伙儿吧，用你手中的钱，买下一些作品吧。"

杰非逊想着马克的话。可是，这能成吗？杰非逊心里想，家中的房产是老父亲留下的遗产，那也是自己一生的倚靠啊。

但杰非逊没有拒绝前来向他求救的艺术家们。他变卖了老父亲留下的遗产，收购着艺术家们送上门的作品。老布克的两支钢琴曲，杰非逊给了他四百美元，足够他两个月的开支了。马格的一本刚刚完成的小说《前进》的版权，也卖给了杰非逊，不到两百美元。美术家们送来的作品更多。米开罗送来了十件雕塑，杰非逊给了他八百美元。大画家刘更斯的巨幅风景画，杰非逊付了三百二十美元。

"杰非逊先生，收下我的这幅《小猫》水彩画吧，您随意给点儿钱，我的肚子已经饿了好几天了。"刚来小街三个月的李尔顿低声地求他。杰非逊摸了摸自己的口袋，给了他六十美元，收下了他的作品《小猫》。

杰非逊觉得自己有些吃不消了。这条小街的艺术家太多了，几乎每个人都到过他的小屋，他们对杰非逊说："亲爱的杰非逊，你是大富翁，你是大善人，你得让我们活下去。"三百多位艺术家，在杰非逊家里来来往往。他们得将这两年的作品都卖给杰非逊。

三个月的时间，老父亲留下的遗产变成了杰非逊租住屋屋角的一堆作品，不，也许是一堆垃圾。在某种意义上说，是这些可爱又可恨的艺术家们瓜分了老父亲的遗产，杰非逊心想。

杰非逊没有心情再去追求自己的艺术了，他的心爱的画作《天使》，只画到了一半。他得成天应付小街的这些艺术家们。尽管这样，他觉得自己的忍耐程度已经到底线了。他关上了小屋子的门，因为他手中已经没有钱了，父亲所留下的遗产已经全部用尽。

他当出了母亲留给他的一枚戒指，那是他二十岁时母亲给他的生日礼物。他用所得的最后一点儿钱，将这些由遗产换成的已经打成大包小包的艺术品，寄存到了这里最大的运通银行。他数了数，足足有十二包。

杰非逊觉得，这就是父母留给他的遗产了。他得珍爱这些遗产，尽管这些遗产像是一堆废物、几包垃圾。

杰非逊成了艺术小街最落魄的艺术家。他的衬衫已经两个月没有换洗了，因为，他只有这一件衬衫。每天，他到处跑着找吃的。好在那些艺术家们只要自己有一点儿吃的，就会分给杰非逊。

日子慢慢地朝前走着。

杰非逊偶尔也会画上一幅画，灵感似乎比以前还要灵。那些艺术家们，也像脱胎换骨一般，作品不停地问世。五年，也只是五年，老音乐布克的作品进入了维也纳金色大厅，大家欢呼不已。作家马格成了大作家，据说他的作品已经开始冲刺诺贝尔文学奖了。大画家刘更斯，成了更伟大的画家，他的一平方米的画作居然是一栋楼的价格。

又是一个阳光灿烂的日子。杰非逊慢慢地打开自己的画夹，他想起了当年没有完成的心爱的画作《天使》。他想画完这幅画。

有人靠近了他。"杰非逊先生，你是杰非逊先生吗？"围拢来了一群人，最前头的大胡须男人说。

杰非逊点了点头。

"杰非逊先生，我是纽约出版商渥太华，想买回作家马格的小说《前进》的版权，一百万美元，我等着出版。"大胡子男人先说。

后边的人就跟了上来。

"杰非逊先生，我想收账音乐家老布克的一支钢琴曲，你当年不是收藏了两支曲子吗？我用我祖父留给我的一栋楼房作为代价。"一个中年人说。

一个瘦小的男人说："杰非逊，我只想买下当年你以六十美元收下的《小猫》，六千美元行吗？我只有六千美元。"

一个漂亮的女孩儿靠近了杰非逊："艺术家你好，我是露丝，美术学院毕业，我想，我能成为你的女朋友吗？"

杰非逊一下子怔住了。那十二包垃圾一样的东西，他似乎已经忘记了呢。

十二包，足足有八百多件作品。

杰非逊知道，他又得为这事发愁了。他又担心了，他心爱的画作《天使》什么时候能够完成啊？

那团青稞面

刚刚下过一场雨，草地上的空气显得格外清新。夜色里，那青草味儿似乎就浮在鼻子边。

六个人，一步一步地向前移动着。天上挂着几颗星，照亮了夜行人前方的路。

部队是半个月前进入这片草地的。草地里多沼泽，难走，一不小心就会陷下去。好几次，刘小根眼看着战友落入沼泽，可是，身边的同志根本就没有施救的办法，沼泽太深了啊。

从前方部队传来消息，这片难走的草地就要到尽头了。这是个好消息。

"刘小根，加把劲！快点儿走。"临时班长王兵小声说。这六个人掉队了，落在了队伍的后头。掉队的六人成立了临时班，由年龄最大的王兵任班长。

"是！"刘小根回应。他知道班长王兵的声音不可能大起来，他也想提高自己回应的声音，但是，他不能啊。他们这六个人，除了喝点儿水，已经快三天没有吃东西了。前天，他们找到几根牛骨头，那是前方部队吃了之后留下的。牛骨头真的只是骨头了，应该有好几十人吮吸过，硬得像石子一样。他们吮吸了一会儿，也算是吃了一顿。

其实，他们六人的手中还有粮食。

在班长王兵的上衣口袋里，有一团面——青稞面。这是他们昨天在一位牺牲的战友的上衣口袋里发现的。那一团面，从牺牲战友的上衣口袋里掏出来时，已经成为真正的面团，因为早就让雨水给淋湿了。那面团像鸡蛋那么大，在班长王兵的手中，随着手掌的翻动不停地滚动着，像只跳舞的鸡蛋。

大家将目光聚焦在了面团上，喉结在不停地上下蠕动。

"我们终于有了自己的食物。"王兵说。

"我们也能顺利地前行了。"王兵又说。

大家听了也更有精神了。大家知道，过一会儿，班长王兵就会组织大家一起来享受这面团的。

"同志们，加油啊，一起朝前走。"山东人说道。山东人名叫余运汝，大家一听觉得不好记，于是，"山东人"成了这个人的名字。

大家一起向前走。为了节省体力，他们尽量不发出声音，尽量不出现大的动作。他们只用眼睛的余光看着自己的战友前行。

又走了一段路，班长王兵叫住了大家："歇息一下吧，我们准备吃晚餐。"他的声音明显提高了一些。大家于是找了一块地势略高的草地，一屁股坐了下来，一字排开。

王兵从自己的上衣口袋里慢慢掏出了那一团面，他小心地掏着，生怕那面团会散落一些在草地上。如果面团散落了，就再也找不着了。夜色中大家居然能看到班长王兵的细微动作。

"这样吧，从东头的刘小根开始，到西头的山东人结束，每人咬一口面团。"班长王兵下了命令。

他将面团小心地交到了刘小根的手中，刘小根接过面团，送到了自己的嘴边。然后是陈伟达，陈伟达吃了一口面团。接着是张胜利、周天明，也一人吃了一口。面团又传到山东人手中。山东人将面团送到了自己的嘴边，然后咂摸着嘴巴说道："这青稞面真是好吃，好吃，好吃！"

"班长，你也吃一口吧。"刘小根接过面团，递给了王兵。王兵轻轻地咬着面团，说："好，我也吃。"

王兵说完也咬了一口，然后将面团慢慢地放进了自己的上衣口袋，将口袋的扣子扣好。

"休整两小时，然后继续前进。"班长王兵下了命令。他知道，休息两小时已经够长的了，草地上随时都会下大雨，早些离开，就会安全得多。

两小时之后，六人上路前行。班长王兵说："走出这片草地，以我们的速度，大约还有五小时，五小时之后，我们集体享受青稞面团，每个人肯定能吃上一大口。"

六个黑影，在草地上行进着。他们的步子迈得更大了。

夜空的星，更亮了。

清晨时分，他们六人走出了草地，赶上了歇息的大部队。

迎着刚刚升起的太阳，班长王兵从上衣口袋迅速掏出了那团青稞面。

"命令，每人吃一口青稞面。"班长王兵说。

刘小根接过面团，送到自己的嘴边。然后，传给陈伟达，然后是张胜利、周天明、山东人，最后是王兵。

王兵接过面团，端放在手掌中。那面团鸡蛋般大小，在手掌中像跳舞一样滚动着。

李江林受伤的右脚

这一场旷日持久的拉锯战，已经持续三年多了。

昨天，在这老鹰峰上，双方又发生了一次激烈的战斗。敌我双方，各有伤亡。就在刚才，还弥漫着炮火气息的战场边，将士们接到了最新的命令。这是一道盼望已久的命令：双方已经签订和平条约，立即停火。

士兵们欢呼起来。他们已是筋疲力尽，身上到处挂着彩。好长时间了，他们没有睡过一次好觉。这下，终于等到了停火的好消息了。

兵团最前线的是二连。二连连长王大虎，昨天其实已经安排好了今天的作战计划。王大虎是山东大汉，说起话来虎虎生威，是个能打仗的好手。按他的计划，我方今天完全能拿下老鹰峰。

但是停火的命令一来，当然就得立即撤退。

"马上集合全连的将士，三分钟之内务必全到。"王大虎发出了命令，他要集体训话，传达上级指示。

敌军长官也在集合兵士，他们也在同一时间收到了停火的命令。在集合的士兵中传出一声又一声的口哨声。他们实在是累了，这消息令他们兴奋。

队伍集合了，王大虎派人认真清点着人数。很快就有了清查的结果，战士李江林不见了。

王大虎的眉头皱了起来："这个李江林，到底跑哪儿去了？昨天清查时，他也迟到了好大一会儿。他难道会临阵脱逃？"

士兵没到齐，暂且不能撤退。连长王大虎立即做出决定，派出了一个班的战士去寻找李江林。半个时辰之后，有消息传到了连长王大虎这儿：李江林跑到敌方的地盘上去了。

"这还了得！一定要严肃处理！"王大虎发脾气了。

一旁的参谋陈平发话了："李江林这小子，投敌是不可能的，恐怕是报仇的念头又来了，去找人报仇了吧。"全连都知道，当初李江林、李海林兄弟二人一同参军，同在二连，同上战场。就在上个月，敌军的冲锋枪扫射，弟弟李海林中弹身亡。看着弟弟身上的弹孔，李江林当时像疯了一般，哭喊着要为弟弟报仇。

不一会儿，李江林被班长陈平带到了王大虎的面前。王大虎劈头就问："是不是跑到敌营去了？"

李江林点了点头。"又去报仇了吧？李江林啊李江林，你这样哪里是报仇，你这是去送死啊。"连长王大虎的声音更大了。

班长陈平说："我们见到李江林的时候，他正从敌人地盘向我方跑来，后边还有几个敌方士兵在追赶着他。他的右脚当时已经受伤了，还好，他踏入了我军营地，我们也正好赶到，那几个士兵便停下了脚步。"

王大虎这才发现，李江林的右脚还在流着血。

这时李江林说话了："连长，是我违反了军纪，我不应该擅自离队。昨天和今天我一共违反了两次，我愿意接受处分。"

"那你昨天是去做什么的？"班长陈平问。

"好吧，我就直说吧，我是为了报仇，为了多杀几个敌人。昨天，我离队偷偷潜到敌方地盘，在老鹰峰北面山脚下埋下了六颗地雷。"李江林说。

"可是，李江林你是军人，你得服从命令，"王大虎继续说，"那你今天是去做什么呢？你已经知道要撤军了啊。"

"今天，"李江林顿了一下，"今天，我又去了敌方地盘，我是去将昨天埋下的六颗地雷清除干净的。"

"为什么要这样做？"班长陈平问。

"正因为我知道了敌我双方会立即撤军，我担心昨天的地雷会在今天炸伤对方的士兵。因为我埋下地雷的位置，是他们的必经之地。"李江林说，像放下了一副重担的样子。

"这脚呢，为什么受伤？"陈平追问。

"我去扫雷，正在清除最后一颗雷，被对方发现了，他们追赶，那颗雷引爆了，我的右脚受了伤……"

李江林的声音更低了。

一向雷厉风行的王大虎这下子怔住了。他也不知道，到底应该怎样处置这个违反军纪的李江林……

比尔街 9 号小院

老杰克实在是有些老了。

他坐在轮椅上，左手靠在邮筒的上边，右手拿着信。他轻轻地喘了一下气，将牛皮纸信封慢慢地塞进了邮筒口，长长地吁出了一口气。他的脸上布满皱纹，皱纹上溢出了笑容。

老杰克想象着，三天之后的比尔街9号小院里，和他一样老的彼得会在阳光下一字一句地读着他的这封信。这封信里，他告诉老伙伴，他自家的小猫生下了四只小猫，门前的月季花比上一次开得更艳了，还有，自家门前的小河里居然有鱼，这是他亲眼看到的。他在信中也问老彼得，比尔街9号的小院里，是不是每天都阳光充足，院子里牵牛花的喇叭有多少朵。他知道，他的老伙计会帮他去数那喇叭的数目的。

这是他写给老彼得的第一百二十一封信了。对，是第一百二十一封信，他记得清清楚楚。十年了啊，整整十年，他每个月都给老伙计彼得写一封信。在每个月一号的上午十点，他会准时出现在邮政局的邮筒前，将信寄出。可是，这个老伙计从来没有回信，他是去哪儿了呢？

老杰克重重地叹了一口气。

他想，是不是老伙计真的将自己忘记了呢？

不可能，一定不可能！在比尔街9号小院，六十多年前他们在同一个月出生，然后，他们两人一同长大，一起上学，一起玩耍。比尔街9号小院是他们游戏的天地。他们在院子里的秋千上看书，他们在葡萄架下做游戏，他们背向着牵牛花猜左边第二十二朵花的颜色。三十多岁时，他们各自有了妻子，有了孩子。他们一直以为，幸福生活会一直这样走下去。

可是，战争，可恶的战争开始了。十多年前的那一场战争，伙计俩走上了战场，走进了浓烟战火之中。跟随着队伍，杰克去了遥远的北方，打了四场大胜仗。他光荣挂彩，双腿被迫截肢。他的儿子安德烈，寻找到了他，一同在北方的这座城里落户安家。

可是，老杰克总是想着比尔街9号小院，想着他亲密的伙伴老彼得。他将信寄给比尔街9号小院，一封连着一封。但是信如泥牛入海，从来没有回音。在银行上班的儿子安德烈劝他："我陪着您回比尔街9号小院吧，去看看您的老伙计。"

老杰克摇头："不，他不回信，证明他不在那儿！他不回信，我见了他有什么意义？"儿子了解父亲的倔强，只得安心在银行上班。

这一天，安德烈刚从银行回家，老杰克笑着问儿子："你猜今天有什么喜事？"儿子想也没有想回答道："肯定是比尔街9号来信了吧。"老杰克似乎要从轮椅上站起来，他太兴奋了："儿子，这个讨厌的彼得终于回信了，这信啊，当然是他写的。他的笔迹化成了灰我也认得的。你说这十年，他在做些什么啊？他在他乡下的女儿家，帮着带孩子。这个家伙，太贪玩了，十年了，才给我回信。他女儿的儿子，也有十一岁了，比你的儿子还要大一岁呢。"

老头儿像打开了话匣，一下子絮絮叨叨说个不停。安德烈知道父亲开心了，他准备了些酒菜，父子两个，要好好地对饮一番了。

像一个盛大的节日到来一般，老头儿变得像个小孩子了。他穿上了那身老军装，让儿子给他拍张照片，他要寄给他的老伙计。

他对儿子说："照片冲洗得大一些，让老彼得知道我现在的样子。对了，信中老彼得告诉了我他家的电话号码，我刚才拨打了一次，接电话的正是他，这老家伙，声音比我年轻，仍像个小伙子呢。他说，他其实并不喜欢打电话，最喜欢书信联系。哈哈，其实，我也是不喜欢打电话听声音，写信最好，想说什么就写在上边，牛皮纸的信封，有存在的感觉。我们两个老家伙商量啊，以后每周一封信……"

"你们说了见面的事了吧？"儿子也高兴。

"当然说了啊。老伙计也体贴我，说我没了双腿，行动不便，见面不方便。我说我有儿子，让他陪着我一起去啊。老伙计答应了，说哪一天他准备好自己钓的鱼、自己种的菜、自己做的饭，就会叫我去见面的……"老杰克话更多了。

夜深了，老杰克仍然没有睡意，他要立即回信给他的老伙计彼得。一周一封信，从明天开始了。

老伙计彼得也开始回信，每周一封。老彼得告诉他，门前的小河加宽了，河里的鱼长得更大了，有几条鱼还学会了"飞翔"。还有，院子里的葡萄架上，葡萄结的果实更多了，他一大家子人怎么吃也吃不完，他每天忙着摘下葡萄，送给门前经过的路人。

老杰克想去一趟比尔街9号小院。

好几次，老杰克说让儿子安德烈陪着去，可是不巧，儿子安德烈总说银行工作忙，走不开。正好，老伙计那边回信说，他这段时间正忙着带孙子，也有些吵。老杰克也只得作罢。

每周一封信，是老杰克和老彼得之间最重要的任务，也成了他们之间最幸福的事。

又是十多年过去了，老杰克感觉自己的身体有些不舒服了，他知道他人生的最后关头也许就要来了。他得回一趟比尔街9号小院，他想。

这些天，安德烈不在家，说是银行派他去出差。老杰克也没闲着，他请到了一名特别护工，让他陪着自己上了火车。两天之后，老杰克来到了他最熟悉的比尔街9号小院。

他认真看了看门牌号：比尔街9号。小院的院门倒下了一块，院子里杂草丛生，葡萄架早已倒下，仅有的几根枝蔓顽强地生长着。门前的小河早已干涸。

老杰克呆呆地看着这番景象，他竟糊涂了，他不知道自己站在哪儿。

不知什么时候，有个二十多岁的女人站在了他身边，轻声地问："请问，您是杰克先生吗？彼得的老伙计杰克先生？"

老杰克重重地点了点头，仍然一脸疑惑："怎么？你是？"

"我叫阿丽丝，是您的老伙计彼得的孙女。"女人说，"我爷爷知道您总有一天会找到他的，他让我一直在这儿等您。"

"等我？那我的老伙计呢？"老头儿问。

"二十多年前的那场战争，您到了遥远的北方，我们一家留在南方，很不幸，这个小镇遭受到了空袭，我们一家人在空袭中遇难，只剩下了我的妈妈和我。您的老伙计——我的爷爷，受了重伤，在临死之前说，您一定会找他的。爷爷他去世时留下了一封信，让我们转交给您。这些年我和妈妈一直住在乡下，妈妈的身体也不好，以前总是她每周在这儿等您。去年妈妈也离开了．她将这个任务交给我，这下我终于等到您了。"女人说着倒有些惊喜。

"您早些年寄来的信，我们都存着，但那时妈妈不知道怎样向您回应您的老伙计去世的事，她不想让您知道真相。"女人又说。

老杰克接过女人手中的信，他似乎知道了些什么。"那后来十多年，我收到的回信，都是你妈妈和你写的了？"

女人点了下头："是的，是一位先生联系上了我们，他叫安德烈，说是您的儿子。他让我们模仿爷爷的笔迹给您回信。回信中提到的一些事，是安德烈先生在电话中提前告诉我们的。还有，按照爷爷当年的遗愿，我们尽量将比尔街9号小院保持着原样，就是为了等您回来。这一次安德烈先生说您的身体很差，他已经来到了比尔街，准备来接我过去看看您，想不到，您却自己回到了比尔街9号小院。"

似乎一切都明白了，老杰克展开了信。信封散发着他熟悉的牛皮纸的味道，洁白的信笺上，写着大大的几个字：伙计，等着你！

胜　　利

在这座无名山头，发生了一场极其惨烈的战斗。

山坡上全是死尸，人和马都身首异处，横七竖八地堆积着。但是，战斗还没有结束。呐喊声、马嘶声，似乎就在周围。

一个黑黑的汉子，左腿跪地，右手拄着一把长刀，慢慢地站起身。血，像晚霞一样染红了他的脸。

"龙帅……"有声音从他的身后响起。

"龙帅，龙……帅……"又有声音从不远处传来。一会儿，从死人堆里站起了十二条汉子。他们低沉地哭喊着："龙帅……"黑黑的汉子从口中吐出了一口鲜血，叫道："兄弟们，站起来。刘三，看看还有多少兄弟！"从人堆中走上前一个少年，少年高声叫道："回龙帅，加上您，一共十三位兄弟。"

呐喊声和马叫声仿佛就在耳边响起。敌军就在千米之外了。十三个人，全都清楚地听得出，这下来的应该是百人以上的马队。

"龙帅，我们十二个人掩护你，快些走吧。你活着就能东山再起。"从最左边传来了一个苍老的声音。这是一员老将，须发全白了。

"须爷，我不能走。"龙帅开口说，语气很沉重。

一声清脆的马鸣传来。

"是玉面驹。"刘三兴奋地叫道，"龙帅，这下您可出去了。"大伙儿知道，玉面驹是龙帅的坐骑，跟着龙帅十六年了。玉面驹日行千里夜行八百，可以与关云长的赤兔马齐名，称得上是神马了。

像一阵风一样，玉面驹靠在了龙帅的身旁，用它黑长的脸轻轻蹭着龙帅黑黑的脸。

"龙帅，上马吧，为了有朝一日东山再起！"须爷苍老的声音又响起。

"上马吧，龙帅！"十二个声音同时响起。

刘三靠近龙帅，和须爷一起将受伤的龙帅推上了玉面驹的背。刘三拍了一下玉面驹的头，玉面驹轻快地起身，向远方奔去。

须爷又开腔了："兄弟们，保护龙帅突围，我们血战到底！"

"我们血战到底！"如雷的声音同时响起。敌兵足有百余骑，正在靠近。

突然，玉面驹风一样地回转向营地，龙帅也风一样地下了马，站在他们面前。刘三一看，大哭起来："龙帅，你为什么要这样？"十二双眼睛齐刷刷地看向龙帅，龙帅的那把砍下过无数敌兵首级的长刀，深深地插向了玉面驹的咽喉。血像喷泉一样溅出。

玉面驹像一座山一样，缓缓地倒在了地上。它的眼睛圆圆的，仍然睁着。

龙帅安然地抽回长刀，站在了十二人的最前边。

百余骑敌兵像蝗虫一样涌了过来。十三人，像十三只大鸟，冲向了蝗虫的中央。

一场更加惨烈的战争开始了。

我弄丢了一枚奖章

彼尔德老头儿已经七十多岁了，他早已退伍。闲暇的时候，他就会拿出自己的四枚勋章在老朋友爱默生面前炫耀一番。爱默生总是羡慕不已，啧啧称赞。他没有做过军人，当然不知道军人在战场上得到军功章的自豪心情。

彼尔德老头儿于是更有劲头了，说："老朋友，你不知道啊，我其实还丢掉了一枚奖章呢。"

"怎么会弄丢一枚奖章呢？"爱默生很是不解，"不会是你自己弄丢了吧？"

"正是我自己将奖章弄丢的。"彼尔德慢慢地说。

见爱默生看着自己，彼尔德又加了一句："我来给你讲个故事吧。"

爱默生就不出声了，静静地看着老朋友彼尔德，听老朋友讲他自己的故事。

那是一场残酷的战役，已经持续了近一个月。两军展开了拉锯战，进行了十多次战斗，双方各有伤亡。双方驻营的地方离得也不过五六公里，随时可能会遇见对方的士兵。在这僵持的阶段，上头来了命令，说是敌方军队故意分散兵力。针对这一情况，我军要略微改变战术，逐一击破，慢慢消灭敌人，还对这一命令特别做了说明：只要遇见敌方士兵，一定要毫不留情地射杀，这样既可以消灭敌方的力量，也可以打击敌军的士气。同时，上头也规定了奖励标准，当一个士兵射杀十个敌方士兵时，这个士兵就会被授予一枚"优秀士兵"奖章。

彼尔德可高兴了，他的枪法特别准。在全团举行的射击比赛中，他得了个第一名的好成绩。他枪中的子弹只要射出，就会有收获。接连三天，他已经射杀了九个敌方士兵。要是再射杀一个敌人，彼尔德就是这个营里第一个得到奖章的军人。

"机会可真来了。"彼尔德提高了自己的声调。

"什么机会？"爱默生问。

"当然是又一个敌方士兵出现了。"彼尔德回答，"就在我和战友小里根巡哨到一片树林边里时，一个敌方士兵出现了。那小子个子比我还高，穿着绿色的军装，戴着钢盔帽子，出现在我的前方大约二百米的位置。"

"这不正是个好机会吗？"爱默生也高兴起来，"你可以立即扣动扳机，将他射杀啊。"

彼尔德没有说话，重重地摇了摇头。

"为什么？是小里根射杀了他吗？"爱默生又问。

"也不是。我没有开枪，同时，我也按住了小里根正抬起的枪管。"

"难道你不想得到那枚奖章了吗？"

"我想啊。"彼尔德大声说，"可是，那个前方二百米处的家伙刚刚解开裤子，正在撒尿呢。"

"于是，我和小里根都放下了枪。那个家伙尿完了就跑进了树林，像只兔子一样快，一下子我们就看不见了。"彼尔德笑了。

"这可真是失去了一次好机会。"爱默生说。

"不，不！"彼尔德接过话说，"老朋友，我要告诉你的是，他跑进树林之后，我们看不见他，可是他是能够清楚地看到我们的。但他的子弹，也一直没有射出。"

"哦，也就是说，那家伙也没有射杀你们。你就是这样丢掉了自己的奖章。"爱默生恍然大悟。

"我就这样丢掉了自己的奖章，还得到了一个处分，被降了军衔级别。"彼尔德的声音低了下来。

老朋友爱默生也沉默了，他走近了七十多岁的彼尔德，握住了他的手："老家伙，我在心里给你一枚奖章。"

英　　雄

这是一场恶战。

从清晨太阳刚刚升起，第一声枪声响起，到现在太阳下山，整整持续了一天。

天空的颜色是灰暗的，脚下的泥土是灰暗的，远处近处的树木也是灰暗的。

这其实只是一处没有名字的山头。山头不大，一个篮球场大小，但因为地势险要，可以说是"一夫当关，万夫莫开"，易守难攻。

山头的火力强。山下的钢盔军足足有一个连的人，他们轮番进攻，已经是第十八次冲锋了，但还是没有攻下山头。反而，山下钢盔军已经阵亡了近二十个兄弟。

"山头的支援军恐怕不止一个连的兵力啊。"山下的钢盔军连长连连叹气说。他遇到了从来没有的难题。他想，如果抓住了俘虏，一定好好教训教训。

连长周密部署，做好了最大火力的冲锋准备。他们选择了从火力最弱的北边上山。虽说北侧地势最险，但也只能这样了。

后边的火力掩护跟了上来，八九顶钢盔越上了山头。又是一阵轰炸，山头上安静了下来。

钢盔军连长也登上了山头，确定山头不再有敌军。他从南到北，数了数倒在山头的尸体：一、二、三、四、五、六、七。

他又从北到南数了一遍：一、二、三、四、五、六、七。

原来，和钢盔连作战整整一天的军队只有七个人。七个人，全部牺牲。

钢盔军连长和十多个士兵不声不响地找来了铁锹，在山头上挖了七个墓穴，将七个人就地埋葬。有士兵从死去的尸身上找出相关证件，连长就安排人写好了简易的墓碑，端端正正地插在坟头上。

高大的钢盔军连长和他的几十个钢盔士兵，对着七座新坟，敬了一个端正的军礼！

一　只　鞋

不大的鞋店里，样品鞋摆放得井井有条。

鞋子按适用人群分了类，儿童鞋、青年鞋、老人鞋，各有特色。老板是个四十多岁的男子，店员是个才二十岁的姑娘。

周末人多，关店盘存时，姑娘发现老人鞋区少了双鞋，准确地说，是少了一只鞋，因为样品鞋只是摆放了一只的。那鞋是刚到的货，黑色的面料上绣着金色的菊花，简洁、大方，卖得正旺。

"不知是哪个没良心的偷去了哩。"姑娘对老板说。

老板听了，不出声。

"肯定是那老太婆，来来回回地在那儿走了好几趟。"姑娘又说。

"你确定是她？那个老太婆？"老板反问。

"也不确定。"姑娘又摇头，"也有年轻人从那儿走过了的。"

老板又不出声了。

"要不，您从我工资里扣除吧。"姑娘怕丢了自己的工作，小声地说。

老板思索了下，说："这样，你将那双鞋剩下的一只再摆在原地方吧。"姑娘想了想，这另一只鞋不是钓饵吗？这么做一定会钓来那个贼的。

姑娘一直盯着那双鞋，盼着那贼来，可这几天生意也好，有那么一会儿没照顾到，那鞋就又不见了。姑娘吓得不轻，要是真从她工资里扣除这双鞋的钱，那这个月工资就少了一半了。

姑娘正想对老板说说鞋的事，老板先开口了："是不是另外那只鞋也不见了？"

姑娘只是点头。老板却笑了："算了吧，我知道另外那只鞋会有人拿走的。你想想，这老人鞋，要是有人来偷，那肯定是有原因的，要么是老人太喜欢了，可手中拮据，要么是做子女的想要尽孝，却没有足够的钱。你说，既然已经拿走了一只，那剩下的一只我还留着有什么用呢？"

姑娘明白了，那剩下的一只鞋是老板故意让人给拿走的啊。

三年后，姑娘也开了家鞋店。十年后，姑娘的鞋店成了省内外有名的连锁鞋店。她鞋店的标志，是一只鞋，是黑色的面料上绣着金色菊花的老人鞋。那菊花一年四季都鲜艳地开着。

真　　品

　　小城就那么几十万人，却有一百多个有点儿名气的收藏家。这其中又有两位是最出名的。一个是张一眼，六十多岁了，一眼就能看出这收藏物的真假；另一个是刘三敲，也有五十多岁了，你拿来藏品，他也只在上面轻轻地敲三下，就能识别东西的真伪。

　　方圆百里，要是哪位藏家的东西想要让人掂量掂量，就会找到这两人中的一个，让他来识别。当然，是只能找一个人的，找了张一眼看，就不能找刘三敲了。这个规矩行里的人都知道。大家都说，张一眼看了的东西肯定是不会走眼的，他说是清朝的，这东西肯定是清朝的，不会有人怀疑。自然，刘三敲敲过的物件，他说是赝品，那它一定是赝品，没有人质疑。

　　一山难容二虎，张一眼和刘三敲两人的关系并不好。同行是冤家，两人碰上也不会说上一句话。更为可气的是，两人发生过一件不愉快的事。城东的王麻子不知道在哪儿得了个旧夜壶。他先是拿去让张一眼瞧了，张一眼说，是民国十年的东西，至少值三千块钱。可这王麻子不守规矩，他又将这夜壶拿到了刘三敲面前，刘三敲轻轻地敲了三下，说，这就是前两年的东西，甚至他还用过类似的呢，一分钱不值。这下王麻子就得意了，一遇到小城里的收藏家就会说，都说张一眼和刘三敲内行，我看不行喽，隔三千元哩。就是这句话，让两人起了矛盾，都想去找王麻子问个道理，但都丢不下这面子，这事只得作罢。

于是，张一眼和刘三敲两人更像两只老虎了，见面时都是气鼓鼓的样子。

两人都还有自己得意的地方。张一眼藏有郑板桥老先生的一幅《瘦竹图》。刘三敲最珍贵的藏品是一颗玉珠，据说是东陵盗宝之后从慈禧太后身上取下来的。每次小城里召开藏品交流会，大家都会提到这两件藏品。每次两人也会将两件宝贝仔细包裹好，在会上亮一下相，好多藏家连摸都没摸到。

这一年的十月，又是小城的藏品交流大会。各位收藏家都将家中的心爱之物拿出来露了下脸。刘三敲早就来了，坐在了大会主席台上。但就是不见张一眼的影子，一问，才知道，老先生住进病房了。就在上个月，有小偷光临了张老先生的家，除了那幅《瘦竹图》，家中的藏品几乎全被盗走。老先生一气之下就病了，卧床不起，到医院一查，居然是肝癌，得花大钱做肝移植才能治好。

藏品交流大会上没有见到张一眼老先生，但在藏品交流区，刘三敲见到了张一眼老先生的藏品《瘦竹图》，标价八十八万，等着顾客上门买。

张一眼先生居然卖家中藏画了。收藏家们都挤了过来。

但也许是售价高了些，这小城中的买主难以下手。也许有人怀疑这幅《瘦竹图》是赝品，不想花这冤枉钱。

那幅《瘦竹图》，在交流区挂了三天，居然无人问津。

第四天上午，有人买下了《瘦竹图》。买画者不是别人，正是刘三敲。八十八万元，刘三敲一分钱没少地买了下来。

刘三敲将《瘦竹图》带回家的时候，跟着他学收藏的学生石心正在他家。两人将图展开，细细地看起来。

"老师，我觉得这不是郑板桥的瘦竹，也就是说，这是幅赝品。"学生石心说。

"为什么这样说？"刘三敲问。

"板桥老先生的竹，所画的竹叶总是苍劲有力，即使是瘦，也是挺拔清癯的样子。可是这几杆竹，无精打采的样子，肯定不是郑板桥的画作。"

刘三敲没有接他的话茬，问了一句："你认识张一眼先生吗？"

"当然认识。"石心说，"我们有同学也在跟着张一眼先生学收藏呢。张先生因为喜爱收藏入了迷，他的老婆和儿子早就离他而去了，上个月家中被盗，老先生又受到打击，加上查出肝癌，老先生这下子真是雪上加霜了，不知张老先生是否还挺得住啊……"

"这次肝移植前后得六十多万元，你知道吗？"刘三敲又问。

"当然知道。"石心说。

刘三敲笑了笑，说："这下你就应该知道，这《瘦竹图》应该是真品了啊。"

石心恍然大悟，原来老师早就知道这幅《瘦竹图》是赝品。

两个月后，在这座小城的一条小路上，两个老人，一前一后地走着。后边的是张一眼，前边的是刘三敲。张一眼声音嘶哑地说："刘三敲啊，这次真的谢谢你了，你救了我的老命。过些日子，我一定会想法子赎回我的《瘦竹图》的，只有我知道你是上了我的当了的……"

刘三敲没有回答，只是呵呵地笑。

为儿子作证

刑警老曾光荣地退休了。老曾做了快四十年的刑警，侦破了大小案件一千多件。在市里公安这条线上可是个响当当的人物。好多破不了的案子，一交给老曾，不过几天，嘿，就有了眉目。老曾再将搜到的几个证据串联起来，保准让犯罪嫌疑人心服口服，也让刑警们佩服得五体投地。

退休了的老曾多想在家抱抱孙子，可三十好几的儿子曾平还没结婚。孙子是抱不成了，不成想，三十好几的儿子还倒给他带来了件案子。市刑警队的王队长介绍，上个月的一个周末，曾平和几个同学一起到糖果屋酒吧娱乐，喝了不少酒。邻桌的也是几个年轻人，酒喝得比他们还要多。不知是谁的洒喷在了谁的衣服上，双方就动起了手。打来打去，对方一个叫李子的青年居然当场被打死了。既然出了大事，曾平这边的几个同学都开始你推我推你，都说没有打死李子。好在糖果屋酒吧还有监控录像，警方立即调看了当时的画面。因为当时光线很暗，看得不是很清楚，但还是可以看出李子被打死时是两个人在用脚踢。画面中的两个人，依据在场人的回忆，就是曾平和张力。

死者的死因经法医鉴定，确认为头部因受外力撞击引起内出血所致。那么曾平和张力这两个人，究竟是谁最后用脚踢李子的头部使其死亡的呢？曾平说不是自己，张力也说不是自己。因为光线太暗，监控画面根本看不清到底是谁。

王队长对老曾说这些话的时候，不时看看老曾的脸色。他是多么希望退休的老曾这时也能参与进来，和刑警队一起破案。但是这不可能的，老曾是要回避的啊。

"我想复制一份监控画面，可以吧？"老曾对王队长说。

"这完全可以，因为这监控画面是要公开的。"王队长也答应了。王队长知道曾平在老曾心中的地位，老曾的老伴儿去世早，他的下半生是要依靠曾平的。

死者家属将曾平、张力及参与打架者一并告上了法庭，请求法庭严惩凶手。曾平、张力各自请了律师为自己辩护，证明自己不是最直接的凶手。法院已经开庭两次了，都没有什么结果出来。法庭也不好下定论，因为没有直接证据。再说，他们觉得他们还有一个对手，那就是做了四十多年刑警的老曾。谁又敢乱下结论呢？

老曾从王队长手中拿来监控资料后，成天坐在电脑前，看那摄像头拍摄的画面。当天，他看了一百多遍。以后也是每天都看。那几分钟的画面，老曾看了至少两千遍。有不少好友来看望他，他也不理睬。有几次，老曾居然看得流出了眼泪。

第三次开庭的时间很快就到了。

法庭上，各方律师依旧在为自己的当事人竭尽全力地辩护。老曾这次没有到场。曾平请的是全省最优秀的胡律师，胡律师大胆地推想了多个情节，在法庭上一一陈述，证明真凶不是曾平。旁听席上的人们心中大都有了底，肯定是曾平做刑警的爸爸授意律师这么做的。人们知道这个案子会怎么判了。

在张力的律师竭力陈词之后，法庭准备休庭之后进行宣判。这时，一个声音从外面传了进来："请不要休庭，我有话要说。"原来是老曾来到了现场。

"凶手是曾平！"老曾说。

现场一片哗然，大家都猜测老曾是怎么了。

"请出示证据！"审判长严肃地说。

"我的儿子的身影我不清楚？"老曾说。

"那就认定是你的儿子了？"审判长又问。

"当时靠近死者头部的人有两个，一个没有什么动作，他的脚即使踢向死者，也不会有太大的力；另一个是用左脚拼命地踢对方。一般人的左脚是没有多大力量的，能用左脚给人以致命打击的，只能是曾平。因为，曾平——我的儿子，是个左撇子，左手力大，左腿力更大……"老曾语调很轻，但声音分明哽咽了。

案子很快就判决了。

之后的每个月，城东监狱的门口，人们总会看到一个老人，提着大包小包的东西，说是来看儿子。那个老人，身体似乎有些佝偻了，但精神矍铄。

最美的广告

李二林在城东开了家小餐馆，取名叫"都来"餐馆。开业了一个多月了，一直没多少起色。可是，这几天却很奇怪，吃饭的人一天比一天多，每个人都笑呵呵的，时不时地朝老板李二林看上一眼，有的还会问上一句："老板，你真的是李二林吧？"

李二林就笑着说："我怎么不是李二林呢？开餐馆的李二林，三十多岁了还没找老婆的李二林，一人吃饱全家不饿的李二林，如假包换。"李二林说完就哈哈大笑起来。

李二林想，大概是我的餐馆名字起得好：都来。还是老同学杨涛会想，当初起名时杨涛想过好多好听的名字，都让李二林给否决了。李二林就喜欢这"都来"两个字。又一桌子人吃完了，结账的人又问："你是老板李二林吧？"李二林忙不迭地点头。饭钱总共是二百六十三元，那三元的零头是可以不要的。但人家丢下了二百七十块钱，说："不用找了，谢谢你了。"听了这话，李二林就更纳闷儿了：零头不免去不说，还多给了几元钱，而且，还加上了句"谢谢"，应该我开餐馆的谢谢客人才是啊。

李二林真是一头雾水，恰好杨涛这时打来电话，李二林正想问他这个问题，不想杨涛倒先开了口："好个李二林，这几天餐馆的生意一天比一天好吧？"李二林就说："是，真不知是什么原因呢。"杨涛笑了笑，又说："你不知道是什么原因？你是狗子长角——装羊（佯）吧。你想想，你在上周六的时候做过什么没有？你现在的名气可大着哩。"杨涛说完就挂了电话。

上周六我做了什么啊？李二林就想。难道和那件事有关？

上周六一大早，李二林骑着电动车往菜场赶，这是李二林每天必做的事。要是去迟了，就很难买到新鲜的菜了。走到长青路口时，李二林发现围了好大一群人，本来李二林是不想停下来的，但人太多，实在走不过去。他停好电动车，去看看到底发生了什么事。他挤过去一看，原来发生交通事故了，一个骑着摩托车的小伙子，将一个六七十岁的婆婆撞倒在地。骑着摩托车的小伙子一溜烟地跑了，丢下了被撞成重伤的老婆婆。围观的人真是不少，但就是没有人将老婆婆送到医院。有人说："这谁来送哟，谁送了就是谁撞的，谁能说得清楚？"一个大个子说："就是就是，上次我送过一次出车祸的人，人家非得说是我给撞的，我赔上了五百元钱才平息……"

也有人打电话给110和120，但没有结果。一个中年妇女说："要是能联系上老婆婆的儿子该多好啊。"李二林见了，先叫过一辆的士，又一把抱起老婆婆，将受伤的老婆婆送到了医院。旁边有人说："这下好了，老婆婆的儿子来了，都不用担心了。"老婆婆已经昏迷了，李二林将她送到了人民医院急救室。医生抢救了三个多小时才将老婆婆从死亡线上拉回来。医生对李二林说："好小子，还是你做儿子的及时，要是晚来十分钟，你母亲的生命就没了……"李二林只是傻笑。醒过来的婆婆拉住李二林的手，眼里满是泪水。李二林问了她儿子的电话，想要和她儿子联系，不想手机没带在身上，便借了医生的手机，和老婆婆的儿子联系上了。这时，李二林才想起自己要去买菜。不买菜，一天的生意可就完了。

李二林回到餐馆后，买菜，做菜，又开始忙活着生意了。

可是，这件事和餐馆生意有联系吗？李二林还是想不通。

下午的时候，杨涛来了。杨涛不说话，打开随身带来的笔记本电脑，又打开了一个网站。网页上有一行字：人肉搜索，救人不留名的义士。这行字的底下是一张照片。这照片李二林好像在哪儿见过，他又仔细一看，照片上的人不正是自己吗？那场景，不就是上周六老婆婆被撞的现场吗？原来在李二林抱起受伤的老婆婆的时候，有人用手机拍下了这张照片。照片下有很多网友的留言：

呵，原来那救人的小伙子不是老婆婆的儿子啊？

大伙儿看看照片，有没有谁认识这救人的小伙子啊？

我好像在哪个餐馆见过。对了，城东的都来餐馆的小伙子就是这个样子吧？

我听人喊他李老板，名字叫作李二林。

我们都到都来餐馆去照顾李二林的生意吧。

这个主意好。

……

李二林这下明白了，原来真是受上周六那件事的影响啊。他想了想，对杨涛说："你替我回个帖吧，就说，李二林不是救了个老婆婆，是救了位母亲，李二林觉得，天下母亲都是天下儿子的母亲，我们做儿子的是天下母亲的儿子……还有，在我十岁时，我的母亲就失踪了，我一直想找到她……"

　　杨涛一边打字，一边有泪水从眼中流出。

你是我师父

头发盖住耳朵的时候，我就要去理发了。理发的地点是固定的朱玲精剪发屋，那里有一直为我理发的苏师傅。苏师傅是个女孩儿，眼睛不大，但笑起来可爱。她通常都是一看顾客的头形，就能迅速确定理什么样的发型。

但这次苏师傅不在，听说是远嫁他乡辞职了。

洗发工便又为我安排了位理发师傅。师傅是个二十多岁的大男生，他走过来，没有自我介绍，只是腼腆地笑着，然后拿起梳子、剪子忙碌起来。我也随手拿起晚报开始阅读。其间，师傅只对我说了一句话："留长一点儿好，还是短一点儿好？"

"当然长一点儿好啊。"我说。我听到有剪刀掉在地上的响声。

终于理完了。我看了看时间，足足用了四十五分钟。这是我理发时间最长的一次。到服务台买单，领班连声对我说着"对不起"。我倒有些莫名其妙了。我一想，他大概在说这师傅给我理得不怎么样吧。我对着镜子看了看，确实比我习惯中的短了许多，而且整体上看确实不够美观。

"没有什么啊，很好啊。"我说，"这师傅理得挺仔细的，服务特周到，应该是个技艺不错的好师傅。"

因为是常客，领班将我送出门来，口里仍然说着"对不起"。"其实今天这师傅刚出师，他这是第一次单独给人理发。下次来，一定给您安排个技术一流的师傅。"领班又说。

"他姓什么？"我问。

"姓王。"

"那好。下次我来时，照样请王师傅替我理发。"我笑了笑，对领班说。

回到家，老婆见了我的发型，连声说是"汉奸头"，没理好。我说："这才是现今最流行的发型呢。"我不去管它。其实，我知道这回肯定遇上了个技艺不怎么样的师傅。先不说整体看不够美观，就从他问我"怎么理"，我就知道他是个新手，还有，技艺精良的师傅会将剪刀掉在地上吗？

过了十多天，我接到一个陌生号码打过来的电话："你好！你是我师傅。师傅，这几天找我理发的人可多了，我想叫你一声师傅……"我一头雾水，又有人接过了电话："你好，我是朱玲精剪发屋的领班，上次替你理发的王师傅这些天在我们屋子里可火啦，找他理发的人多着哩。我很纳闷儿，你那次真不知道他是第一次开剪吗？"

"你说呢？"我反问了一句，没有回答。"头发剪了，就会又长起来的啊。"我又加了一句。

挂了电话，我高兴地想：我不是理发师傅，却收了个理发师傅做徒弟呢。

金黄的烙饼

一口平底锅，热气腾腾，锅里躺着五六个烙饼。一双手，左手拿着双筷子，右手拿着小锅铲，就着锅里清亮的菜油，将烙饼一个一个地翻过身来，然后，再将那些烙饼翻过身去。

不到两分钟，那锅里的五六个饼变得油亮金黄。秋娘对我笑了笑，她用小锅铲盛了一个烙饼放在我面前的菜盘里。她知道我在她这儿吃早餐就只吃一个烙饼，一个金黄的烙饼。

就在我们县一中校门边的拐角处，秋娘经营着她的烙饼摊。她的饼是用黄豆加细米磨成浆再做成黄豆皮，然后烙成的黄豆饼。人们喜欢吃，都排队来买她的黄豆饼。顾客无论年龄大小，都叫她"秋娘"。她总是笑眯眯的，像不会老去的样子。

"林主任，我家的娟子同学表现还好吧？"秋娘问我。

"不错啊，上个月她还得了期中考试的奖品了呢。"我说。我知道他说的是高二（8）班的刘娟同学。刘娟是个品学兼优的女生。她其实不是秋娘的孩子。刘娟的父亲早些年得病去世了，条件不好的她终于在去年进了高中。那时刘娟和妈妈正愁着学费，秋娘却找上了门，说："你家娟子的学费我秋娘包了。"我是学校的德育主任，秋娘拉了我了做个证人。

我被秋娘拉着做这样的证人已经好几次了。十多年前，她就开始在我们学校物色学生，资助学生上学，也提供一些生活费用。每三年一轮，三年之后，资助的那个学生毕业了，她就在新生中再寻找一个。

"林主任，三年一个轮回，请理解我只能资助一名家庭困难的学生。我摆个烙饼小摊，能力小了些啊。"秋娘一次又一次地对我这样说，似乎有些歉意。我当然能理解秋娘。其实这让我有些脸红，我是名教师，我还从没有资助过贫困学生读书呢。

秋娘选择资助对象是有条件的。她说，得家庭经济条件不好、品德好的学生才行。这两点我懂。可是她又说，得是女生，得扎马尾辫，得是个左撇子。三个条件为难住了我这个德育老师。但是，我也不会多问。毕竟，秋娘是在资助我们学校的困难学生。

我细心地帮秋娘算过账，她这样资助一名学生，包括报名费和一些生活费在内，每年至少要花八千元钱。她的丈夫是农民，挣不了什么钱，她的烙饼摊生意好时每年也不过赚一万多元。她这几乎是将自己的所得全部用于资助困难学生了。她这是为什么啊？她不能多点儿精力多花点儿钱管管自家的孩子吗？我常常在心中问自己。

秋娘烙饼的食材好，加上她的手艺棒，常有人劝她将这烙饼摊搬到市中心去，或者租一间门面，生意肯定好得多。再说，这校园门口拐角，容易发生交通事故。她总是摇头，说："就在县一中这里，多好啊。至于事故，我自己会注意一些的。"

她的烙饼摊不知道有多少年了。从我大学毕业到县一中上班，她的摊儿就摆在那儿，如今我已经四十多岁了，成了学校的中层干部，她的摊儿还在那儿。她侍弄着她的烙饼，像管理着她家菜园里长得绿油油的大白菜一样。

我吃完面前这个金黄的烙饼就要进校园。秋娘叫住了我，她包好一个金黄的烙饼，说："林主任，麻烦你将这烙饼带给我那孩子刘娟去，今天让她再尝尝我的手艺。"

我接过烙饼向高二（8）班教室走去，迎面遇到了两名学生。他们两人有些急："林主任，刘娟同学肚子疼，在地上打滚呢。"我立卽走进教室，将烙饼放在刘娟的课桌上，只见一旁的刘娟肚子疼得已经蜷缩在地上，她强忍着泪水，不让自己哭出声来。

我知道这个孩子坚强。不过，据我的经验，女生这个样子的疼痛大多是例假造成的，更严重一点儿的就是急性阑尾炎。见她疼得这样厉害，我想应该送她去县人民医院。我让两名女生扶着她慢慢站起来，立卽就有学生跑出校门去找秋娘。秋娘一听说，放下了手中的锅铲，飞一样地跑进校园。也不知是哪来一股力气，秋娘背着刘娟一路小跑，上了一辆的士。她让我在她的烙饼摊前临时帮忙看着。

不一会儿，一个黑黑的汉子来到了烙饼摊前，说是要替下我看摊。我这才知道，他是秋娘的丈夫。秋娘的电话也打来了，说刘娟只是经期疼痛，没有大问题。她的丈夫——那个黑黑的汉子抱歉地对我说："林主任，我们家的娟子给您添麻烦了。"

我说："不对，是我们学校给你们小家庭添麻烦了呢。"

我也来了兴趣，继续说："大哥，秋娘待刘娟真像自家的孩子。你们的孩子多大了啊？"

"我们家的孩子啊？"黑黑的汉子顿了一下，又说，"应该有十七岁了吧。"

我从他的话语中听出了些异样，轻声问："大哥，到底怎么了？"

黑黑的汉子坐了下来，他似乎很平静，说："林主任，你知道她为什么坚持资助学生吗？你知道她为什么对资助的学生提出了得是女生、得扎马尾辫、得是个左撇子这几个条件吗？你知道她为什么将摊子一直摆在学校拐角处吗？"

我一头雾水，更不明白了。

"那，你知道十四年前，就在这学校拐角处发生的一起车祸吗？"他又是反问，语气重了一些。

"十四年前的车祸我知道，是一名醉酒了的小车司机开车冲了过来，夺去了一个三岁女孩儿的生命。"我回答说。

"知道的话，那你就明白一切了啊。"黑黑的汉子又说，"那个小女孩儿就是我家的孩子美美，要是她活着，应该是十七岁，正在县一中读高中呢。我们家的美美，爱扎马尾，是个左撇子，一双大眼睛真是漂亮呢。"他说着，一脸的幸福。

"后来，我们也想再要个孩子，老天却和我们作对，一直怀不上。慢慢地，我们年龄也大了，也不再想生孩子了。"黑黑的汉子继续说。

我心里一震，一切都明白了，我说："所以，你们就决定在县一中找个尽可能像美美的孩子，你们来资助她上学。这一个又一个的孩子，不就是你们家的美美吗？"

黑黑的汉子不停地点头。他的脸黑黑的，他面前的平底锅里，正躺着五六个烙饼，金黄的颜色，像极了一块一块的黄金。

碰　　撞

丁三下午去上班，让小车给撞了。

丁三骑的是辆红色的电动车。买车时老婆建议：买红色的吧，吉祥，在路上显眼，不会出事故。可不会出事故的红色电动车还是让黑色的轿车给撞了。那会，绿灯刚亮，丁三在十字路口过马路，谁知从右边杀出了一辆黑色的轿车。轿车像支黑色的箭直向他射来。丁三紧急踩了刹车，但还是让那只黑色的箭给射着了。

丁三和红色的电动车一块儿倒在了地上。倒地后，丁三发现自己还活着，心里一阵高兴。前些天他常听说有人撞死了人就逃的，他觉得自己被撞了还活着就是一种幸运。但他立刻看到了那辆黑色的车是奥迪。丁三买不起车，但他还是认识轿车的牌子的。那辆奥迪的右前灯撞破了，右前边刮去了好大一块漆，花白花白的，很是刺眼。

一个念头很快在丁三的脑海中闪出：撞了小车自己可赔不起的。昨天一则新闻，一个小孩儿无意中用小石子击中了一部车，让车主好一顿打，还叫来孩子的家长赔了三千元钱。

丁三觉得胳膊和腿有些疼，但他还是站了起来。

黑色小车的驾驶座上下来个人，瘦高的个儿，黑黑的脸，说："我开快了些，你也有些快。"

丁三不好说什么，一声不吭地看着小车的右前灯和那一大块花白的漆。

"这样吧，给你两百元，你去修修车。"瘦高个儿说。

丁三这才转过神来。瘦高个儿从衣袋里抽出两张百元钞票，塞在了丁三手中。

"我……我认识你。"丁三开口说话了，他有些结巴了。这个瘦高个儿姓匡，是个局长，丁三在电视新闻上不止一次看到过他。

瘦高个儿低声说："哦，你……认识我。"说着，他又抽出两张钞票，塞进丁三的衣袋。

"我没事。"丁三说。瘦高个儿这才上了车，一溜烟地走了。

丁三像在做梦。他扶起了电动车，看了看，尾灯被撞掉了。他又活动了一下自己的腿脚，照样灵活，只是有一点儿疼。

"怎么会这样呢？"丁三又想，"我还没来得及说自己的理由哩，比如，可以说他超速行驶，他可能又会抽出两张钞票。我还可以说他是闯红灯，他肯定会又抽出两张钞票，也许是四张……"

但是，丁三摇了摇头，他丁三不是这号人。丁三又骑上了电动车。走在上班的路上，他还在想：我这是做什么啊，修个尾灯不过二三十元钱，他给了我四百元。这是什么钱？我不能得这个钱，得了这样的钱，会让人瞧不起的。丁三就这样拿定了主意，一会儿上班报到后去还钱。他知道匡局长的单位。

丁三骑着电动车去找匡局长，在门口让门卫拦下了。门卫说："匡局长有事，他太忙了。"

"是这样，我中午和他撞车了，他给了我四百元钱，我没有什么损失，我不想得这种钱，我想还钱。"丁三说。

这下门卫来了兴致，就联系了办公室主任，让主任向匡局长报告。几分钟后，主任出来了，对丁三说："你搞错了吧，我们局长中午根本没有开车。"

丁三听了这话后怀疑自己是不是记错了人。正想离开，有人从办公大楼里走了出来，走在最前面的正是那瘦高个儿。丁三忙迎了上去："匡局长……"

"你是谁啊？你认识我？"匡局长说。

"我是……"丁三不好回答，他从衣袋里掏出了四百元钱，说："这四百元钱，还给您，你撞了我，我真没事。"

匡局长看了看他，对身边的人说："我中午开车了吗？我中午一直在办公大楼里啊。"丁三眼前一亮，想起了办公楼前的奥迪。那辆车右前灯被撞破，右前方被刮走一大片漆，很是显眼。于是，丁三说："匡局长，那……车还在那儿呢。"

"那是我们局里司机刘师傅前天让一骑摩托车的小伙子给撞坏的，那小子跑了，要是找着了，得让他赔三千元哩。"匡局长说着上了车，一阵风似的走了。

剩下丁三呆呆地立在那儿，一动不动。

第三十六个

才吃完早餐，晚报记者吴市就接到了线人张三的电话：城东一井窖盖被盗，已经有七人受伤。在一座小城被盗走井窖盖应该算不上什么新闻的，可为什么有七人受伤了，仍然没有人去管一管？

这样的新闻价值才算大。大记者吴市心里嘀咕着。

吴市赶到事发地点时，张三隔了十多米就和他打招呼，并忙着让他下摩托车。

"咋这么热情了？"吴市说。

张三没有回话，只是向前努了努嘴。吴市只见前面二三米处有一个黑窟窿，要不是张三隔着十多米远就开始招呼，他怕早已栽进黑窟窿了。

"小偷真是可恶！"吴市愤愤不平地骂着。井窖的位置正在转弯处，稍不留神，甭说骑自行车的，就是行人也会掉进去。

　　好在井窖并不太深，掉进去的人大都只是皮外伤。张三又接着向吴市反映情况，一边说一边还把吴市领到了前边的僻静处："吴大记者，要拍照片就在这儿拍吧，准会有人掉进井窖里的。"吴市一看周围已经有三四人等着了，正准备问点儿什么。这时，有个人说话了："我叫李四，他叫王五，我们都是掉进了那窟窿里的，咱都只是皮外伤，反正没啥事，想在这儿瞧瞧，还会有谁比咱惨些。"

　　吴市拿起照相机忙着对准李四、王五，咔嚓来了个合影。他知道这张照片也是会派上用场的。

　　"吴记者，你看，有人来了。"张三小声地说着。

　　不远处走来了一个二十多岁的女子，边走边唱着歌："你是我的玫瑰，你是我的花……""花"还没唱完，哎哟一声掉进了井窖。吴市及时地按动了快门。

　　"我想做个连环画式的照片，今天在晚报上刊登出来，让人们好好地思考思考这个社会现象。"吴市对张三、李四、王五说道。三人连忙称赞吴市真不愧是有名气的大记者，是个真正的新闻采写的高手。

　　这时，走来了个老头儿，看上去是买完菜回家去的。老头儿掉进井窖的时候，菜洒了一地。

　　"这是第二十六个。"李四数道。

　　一个三十多岁的男子，骑着自行车，可能是中午下班回家，叼着支烟，惬意得很，扑通一声，连车带人掉进了井窖。三分多钟过去了，还不见人爬出来。李四、王五走近一看，男子的脑袋摔破了，便忙着将他拉出了井窖，叫了辆的士，直接送往医院去了。

　　……

　　"下一个是第三十六个了。"李四报数道。

"够了够了。"吴市说，"我得回报社去赶新闻稿了，稿子的题目我已想好：窃贼偷走井窖盖，可恶；半天栽倒几十人，怨谁？"说着，吴市骑着摩托车一溜烟走了。

几个小学生放午学回家，蹦蹦跳跳地走着，发现了没了盖的井窖。

"要是有人掉下去，可不得了了。"一个孩子叫道。立刻有孩子提议做个指示牌。孩子们找了块木板，买来毛笔、墨水，写了几个大字：这里很危险！写完后，他们又唱着歌蹦跳着离开了。

张三、李四、王五见了，一副意犹未尽的样子，觉得有点儿失望。

"说这里有危险却不写清楚。"张三嘟哝道。

"字写得歪歪扭扭，真丑。"李四接过话茬。

"孩子们只是小学生，哪懂那么多？"王五大声地说道。

就是你的错

　　院子不大，就住了那三五户人家。往东，是单身农民工火子租住的单间。

　　三五户人家中，王大平家有个小男孩儿，五岁多了，名叫王小丁，机灵得很，人见人爱。王大平一向将孩子看得严，长年将嘴巴搁在孩子身上："小丁啊，千万不要和陌生人说话，千万不要吃陌生人给的东西，千万不要跟着陌生人走了啊……"小丁就像犯了错似的不停地点头。

　　但，邻里相处久了，自然会有些话语搭上一搭。

　　火子的脾气好，还不到三十岁，家中也有个六七岁的小男孩儿，当然，他的儿子连同他的老婆，都在千里之外的乡下。有时，火子会逗小丁一句："小丁啊，今天放学怎么没有看见小红花啊，是不是表现不好了？"

　　开始的那会儿，王大平也向着小丁使眼色，不让小丁和火子说话；要不，就猛地按一下电动车油门，一溜烟地走开，让火子落下个没趣。但有天下午，王大平家七十多岁的老父亲得了急病，两口子一起将老头儿送到了医院。等办好了住院手续，他们一看手机上的几个未接电话，都是幼儿园老师打来的。他们这才想起去幼儿园接小丁这事。王大平急忙打的往幼儿园跑，可哪里还有小丁的影子。王大平回到家里时，小丁正乐呵呵地吃着冰激凌。他一问，才知道是收工的火子路过幼儿园，遇上了和老师一起在幼儿园门前傻等的小丁，小丁说认识火子叔叔，就和火子叔叔一起回家了。

　　打那以后，小丁一遇到火子，就"叔叔、叔叔"地叫个不停，火子呢，就会时不时地夸奖小丁几句，有时还买些零食给小丁吃。王大平家里买了好吃的菜，也会叫上火子，两人还会喝上几杯。王大平两口子有急事不能及时接小丁时，就会打个电话让火子去接。

　　院子里其他人逗小丁玩时，王大平也停下电动车，和人家耐烦地拉上几句家常。小丁甜甜地叫一声叔叔阿姨，有点儿脸熟的叔叔阿姨都会买点儿零食给他，小丁接着就会来一句更甜的"谢谢"。

　　可就在六一儿童节前两天，小丁不见了。

　　王大平去幼儿园找，幼儿园老师说："是个叔叔将小丁接走了啊，给小丁买了杯大大的冰激凌。"王大平心想那是火子了，就到火子的住处去。火子一个人正在炉子上做饭，他说他根本就没有去接小丁。火子也急了，慌忙关了炉子，帮王大平一道去寻找小丁。

　　找了两天，仍然没能找到。王大平报了警。

　　王大平偷偷地告诉警察，火子和小丁很熟，怀疑问题出在火子这儿。警察连夜对跟火子关系密切的人进行调查，还派人去他的老家查访，可还是一无所获。

三个月了，小丁还是没有找到。

就在王大平两口子快要崩溃的时候，从警察那儿传来好消息，邻省破获了一起特大拐卖儿童案，其中就有他们家的王小丁。

王小丁和爸妈分开了三个月，可一点儿也没变，只是不停地说"想爸爸、想妈妈"。后来，小丁又说："我想火子叔叔了。"火子正站在他们家门口，想着来和孩子说上几句话。听了这话，王大平堵在了家门口，大声说道："就是你的错！你想想，不是你火子拉着我家小丁说话，不是你常常买零食给我家小丁吃，我家小丁会跟着一个买了零食的男子走吗？我们再不能让孩子这样做了！小丁，以后千万不要和陌生人说话，千万不要吃陌生人给的东西，千万不要跟着陌生人走了……"

院子里的邻居也围了过来，七嘴八舌地说："是啊，就是他的错！不是他逗孩子、让孩子学会和外人说话、吃外人买的零食，那人家孩子会被拐骗走吗？"

"是啊，就是他的错！"又有人重复说。

火子怔怔地站在了那儿，他想说什么却又说不出。他想了想，觉得真是自己的错了。

不 要 看 我

　　林方在吃早餐时，很幸运地拿到了牛肉坊的最后一碗牛肉面条。牛肉坊每天限量供应牛肉面，没吃着的顾客只能等到明天再来。

　　林方满脸笑容地端着面条走向角落里的一个座位。不幸的是，他刚要坐下时，右腿的裤管像被吸住一样，连在了座椅的一端，他就那么轻轻一拉，裤管裂开了个小口子，一厘米长短。他刚才的兴奋劲一下子像只鸟一样，飞得没了影踪。他三口两口地扒了几根面条，碗中他最爱的牛肉，他都没有动筷子。

　　裤管上的小洞像只眼睛一样，盯着他的脸，更像只小人的嘴，正对着他哈哈大笑。

　　他迅速地离开了牛肉坊。

　　就要到上班时间了，家离他上班的地方远着呢，回家去换条裤子已经是不可能了。他想去买条新裤子，可是，这么早，哪家的服装店开门了？再说，急急地购物，也不会有买到什么好东西的。

他担心人家看到裤管上的小洞。一个男人，一大早穿着件破了洞的裤子在街上走，那是让人笑话的事。他紧贴着街面的右边行走，这样他右腿的裤管就靠着墙面了，那破洞就不会有人看见了。他小心地行走着，边走边看着那个小洞。小洞时开时合，挑衅似的，像在跟他做着游戏。

上班的地方离牛肉坊并不远。经过门卫室，门卫老刘照常和林方打着招呼："吃过早餐了没啊？"林方像没听见一样，径直朝里冲。他的右腿迈得比往日快得多，带动着左腿，飞一般地进了自己的办公室。

不要看我。林方心里想。

一进办公室，他没有跟早到的同事打招呼，也没顾上喝茶，就想着怎样处理这裤管上的小洞。他坐在座位上，先是找了根别针，小心地别在破洞口，但是感觉别针有点儿扎人，怪难受的。他取下了别针。他想用订书针连起，但订书机太小裤子太长，使力使不上。

他心里干着急。领导来电话了，让他去拿份文件。他出了办公室，仍然巾着墙根行走，右腿时不时地跛一下，为了掩饰那破洞。进了领导的办公室，他一句话也不多说，接过文件，直接回自己的办公室。他右手拿着文件，手臂自然地下垂，巧得很，这文件自然地遮住了右边裤管上破洞那一片。

他顿觉轻松起来，走得慢悠悠。到了办公室，他放下文件，觉得失去了保护伞，又开始想法子了。他想起了透明胶，那宽宽的透明胶，不正好可以从里边贴上去，封住那哈哈笑的破洞吗？说做就做，他拿出了透明胶轻轻地剪下一截，慢慢地按在裤管小洞的内侧。那张着嘴的小洞居然不见了。不过，那儿还有一条缝，像条刚刚愈合的伤口。

可是，他一走动，那透明胶就松动了，那小洞，又得意地咧开了嘴。林方不得不用右手拿起了文件，走路时自然下垂，遮挡那破洞。要上卫生间了，他也拿着那份文件。

我不能让他们看到我裤管上的破洞。林方心里想。

好不容易挨到了下班。林方坐上了公汽，那份有着巧妙用处的文件，当然在他的右手中。回到家中，右脚刚迈进门，老婆红子叫上了："怎么了，林方？你的右边裤管破了这么大的一个洞？"林方没想到，自己用文件伪装着，却被老婆这么轻易地发现了。

第二天上班，林方换了条裤子。经过门卫室时，他先问候老刘："吃过早餐了没啊？"进了办公室，他主动做清洁。同事李新笑着说道："嘿，林方今天换了个人一样哩。"林方也只是笑，说："你说错了。昨天的林方才像是换了个人哩。说说，你们昨天发现没有，我右边裤管上破了个洞，像小孩子的嘴一样大小，看见了没？"

"没有啊。"李新说，"我反过来问问你，前天我刚理了头发，那个笨手笨脚的理发师将我的头发剪秃了好大一块，你上班时发现了没？"林方摇头。

右边坐着的张姐也说话了："我是细心的人，但我也没有发现。我来问问你们，我上周五上班时穿的是我老公的外套，你们发现了吗？"林方连连摇头。

上班了，林方没了精神，他在心里嘀咕着：明明我右边裤管上破了个洞，他们昨天怎么会没有看见呢？

我 的 茶 杯

我爱喝茶，我有一个茶杯。

茶杯是玻璃的，透明，洁净，看一眼就有了喝茶的欲望。

茶杯是内外两层的。外层是圆柱形，加一个把手，让我能轻轻地端起。内层呈圆锥形，不过锥形坡度不是太大，底部能盛放茶叶，有小小的过滤眼。茶杯当然有一个茶盖，茶盖如王冠，晶莹透亮。

我常用这个茶杯泡茶，我觉得用它喝茶很舒畅。

朋友外出旅游，回来后送给我一件礼物。我一看，又是一个茶杯。居然与我手中的茶杯一模一样。我心中叹道：还是朋友好啊，他懂得我哩。

喜悦不过三天，我有些伤心了。因为，一次喝完茶清理外杯上的茶垢时，我不小心将外杯和茶盖掉在了地上。外杯和茶盖当场"粉身碎骨"。我伤心之余，想起朋友送的茶杯，那不是一样的茶杯吗？

　　我想着将旧茶杯的内杯换到新茶杯上。但我又想了想，觉得虽然大小没问题，但新旧不配套。于是，干脆，我就开始使用新茶杯了。

　　可是，旧茶杯的内杯怎么办呢？丢弃，不行，这个茶杯伴随了我三年了呢，再说，万一有一天我新茶杯的内杯又破了呢？那不是正好吗？这样想着，我将旧内杯放在了我家的茶柜。

　　我用新茶杯喝茶。虽然茶杯是一样的，但我总觉得有些不同的感受。因为，我一看到那存放在茶柜的旧内杯，就觉得少了点儿什么。我想，要是那外杯不被摔碎多好啊。

　　可是，我又觉得多了点儿什么。这新茶杯的内杯摔碎了不是更好吗？那也许是一种完美呢。

　　于是，每次喝茶时，我就看着手中的茶杯，心想着，这茶杯的内杯要是摔碎了倒是件好事，正好，新外杯和旧内杯可以合成一个完整的茶杯了。

　　我心中隐隐地希望新茶杯的内杯摔碎。有一次我用内杯清洗茶叶时，故意重重地在桌子上一放，我以为内杯会破碎。谁知，我细细地看了看，内杯仍然好好的。

　　我想，有一天，这内杯一定会碎掉的。我再喝茶时就对内杯不那么爱护了，总会随意地倒开水，随意地安放。

　　终于，一次喝茶之后，我将茶杯像投篮一样投向沙发上时，茶杯看准时机落到了地板砖上。我想，这下子内杯肯定摔碎了吧，终于可以用旧内杯组合成一个完整的茶杯了。

　　我走过去一看，果然有碎的玻璃片。不过，碎的不是内杯，却是外杯和茶盖。

　　我望着地上端端正正立着的内杯，又看了看茶柜上似乎对着我笑的内杯，发出了无奈的苦笑。

　　我捡起地上的内杯，拿起茶柜上的内杯，想将它们一股脑儿扔进垃圾桶。就在我要将它们扔进垃圾桶的时候，我却停下了。我想，不如我还买这种款型的茶杯，万一下次摔碎的正是内杯呢，不是正好吗？

　　想了想，我将两个内杯清洗干净，整齐地摆放在了茶柜的最里边。

辑五／发黄照片

那钢笔的铁钩别在衣兜外边，迎着阳光一闪一闪，很是刺眼……

拿来鸡蛋做交易

金虎看了银虎一眼，银虎也看了金虎一眼。

金虎、银虎同时向门外看了一眼。门外，隔壁的二根正拿着根冰棒吃着，隔着几十步远，也能听见他吸溜冰棒的声音。那声音传进了金虎的耳朵，也传进了银虎的耳朵。兄弟俩感觉口里有一股又一股的涎水，像滑溜溜的蛇一样，就要喷涌而出。

他们太想吃冰棒了。他们太喜欢吃冰棒了。他们都不到十岁，金虎九岁，银虎八岁。

前天给父亲买烟找回的四分钱零钱，刚好在村头德珍奶奶郏儿买了两根冰棒，兄弟俩一人一根。那冰棒甜着哩，现在还在他们心旦头冒着香味。兄弟俩顺着那香味就移动了脚步，一会儿工夫就飘到了村头，德珍奶奶的小货摊前。

"金虎、银虎来了。"德珍奶奶对两个老主顾很是热情。

兄弟俩没有出声，他们感觉那香味更浓了，似乎飘到了鼻孔里了。德珍奶奶从冰棒箱里摸出了两根冰棒，就要交给兄弟俩。金虎没有接，银虎也只是将鼻子靠近嗅了一下。

"我们手中没有钱了。"金虎小声地说，蚊子一般，但德珍奶奶还是听见了。

"这好说啊，我知道你们是有钱的。"德珍奶奶压低了声音说，"你们家中有鸡吗？"

"有啊。"银虎说。

"那就对了嘛，有鸡就有鸡蛋，拿一个鸡蛋来，可以换三根冰棒哩。"德珍奶奶来了精神。

银虎撒腿就跑。三分钟不到，他手中攥着个鸡蛋来了，交到了德珍奶奶手中。三根冰棒，银虎两根，金虎一根。

吃着冰棒，银虎开口说话了："哥，下次该你拿鸡蛋了，你拿鸡蛋那你就吃两根冰棒，我没有意见的。"金虎点了点头，说："不能每天都拿啊，咱隔两天拿一个，母亲就不会知道了，还有，谁让母亲抓住了，可别供出了对方。"银虎就拼命地点头，说："哥你想得真周到。"

兄弟俩雀跃着，终于可以吃上冰棒了。每隔上两天，就轮流着拿一个鸡蛋到德珍奶奶那儿换三根冰棒。但母亲还是觉得家中的鸡蛋少了，直骂那些鸡，只吃粮，少下蛋，丕是鸡吗？兄弟俩就偷偷笑个不停。

可是，好日子总是不长。一天中午，就在银虎将手伸向家中鸡窝的时候，母亲的手按在了银虎的手上。结果，银虎虽然没有供出哥哥，但可怜的他被罚去寻了三天的猪菜。

兄弟俩再走过德珍奶奶的冰棒摊时，就只是偷偷地瞄，用鼻子拼命地嗅那冰棒的香味。德珍奶奶远远地就喊："金虎、银虎，金虎、银虎，怎么没拿鸡蛋来换冰棒啊？"兄弟俩就远远地逃。

接连几天，德珍奶奶都是远远地就喊："金虎、银虎，金虎、银虎，怎么没拿鸡蛋来换冰棒啊？一点儿本事也没有，去找鸡窝啊，鸡窝里就有鸡蛋的，只要你们拿来，一个鸡蛋我给你们换四根冰棒。"兄弟俩恨不得钻进地缝里去。他们真想自己变成只鸡才好。

兄弟俩感觉这个夏天是这样的长。但就在天气最热的那天，金虎站在德珍奶奶的小摊前，银虎拿来了一个鸡蛋。这一次，德珍奶奶真给兄弟俩换了四根冰棒。这次他们一人分了两根，吃了个痛快。

"你们每天都拿一个鸡蛋来吧，我每次都给你们换四根冰棒。"德珍奶奶笑着说。

果然，兄弟俩轮流着，每天都会拿来一个鸡蛋。德珍奶奶每次都会笑着递给他们四根冰棒。

这一天，银虎站在德珍奶奶的小摊前，等着哥哥金虎拿鸡蛋来。等了十多分钟也没等着，正在着急，只见他们的父亲揪着金虎的耳朵走了来，金虎的手中还捏着个几片碎蛋壳，蛋已经碎了。

德珍奶奶有些不好意思起来，正想向他们的父亲解释什么。他们的父亲先开口了："德珍奶奶，这两个家伙爱吃冰棒，反正是暑假，就让他们替您卖十天的冰棒吧，这是我安排的，您不要给他们任何东西，是白干。"

十天里，闻着冰棒味，又不能吃冰棒，这滋味真难受。德珍奶奶不在小摊的间隙，银虎就问金虎："哥，这事到底是怎么搞砸了？"

金虎耸了耸鼻子，说："你是在小摊上守住了德珍奶奶没问题，我钻狗洞进德珍奶奶家也没有问题，可是，从她家的鸡窝里拿了鸡蛋正从狗洞里钻出来时，让父亲给逮着了……"

银虎也耸了耸鼻子，说："哥，你再闻闻，这冰棒的香味可真是好闻哩。"

请你坐下喝杯茶

六月的太阳是个火球。

水生的老婆兰花要去娘家歇暑了，这一去就得十天半月的。兰花就拉过水生说："你管下家里的猪，喂下食就行，还有，我们屋后不是条公路吗？你每天在路边摆个茶摊，方便方便那些口渴了的过路人，你也好捞点儿外快，只说一点，就算你每天赚四分钱，我回来时，你交给我四毛钱就行了，多的我也不要了。"

水生照章办事，老婆一走，茶摊就摆了出来。屋后就是公路，拉个小桌，摆上茶壶、茶杯，再拾几条长凳放在边，这茶摊就成了。当然，得烧茶。烧茶是水生穿开裆裤时就会的拿手活。他将水烧得很开，热气腾腾的时候，水生才将洗得干干净净的茶叶，一片一片地放进锅里。但这时候他也不急着退火，过了一支烟的功夫，他才将灶里的火熄灭。水生说，这样烧茶是有科学依据的．有人问他什么依据，他就是不肯说，其实他也是说不出的。只是，他觉得这样烧开的茶更好喝罢了。

人家卖茶，两分钱一杯。水生反正是闹着玩，就一分钱一杯，明码标价，用个纸牌子歪歪扭扭地写着"一分一杯"四个字。有人就问："你的茶有茶母子没有？"水生知道什么叫作茶母子。茶母子就是烧得很浓很浓的一大杯茶。茶摊都是用这茶母子兑上一大桶水做茶的。有个卖茶大娘的茶母子就曾经被人偷喝了，惹得大娘一顿好骂。

水生说："我有茶母子啊，你到时候会看到的。"二根、阿丁几个没事的家伙好奇，跟了去。正好有个过路客要喝茶，喝了一杯，还要再喝一杯时，水生说："老先生莫喝快了，一会儿再喝，一会儿再付钱不迟，且看看我的茶母子再说。"说时迟那时快，水生换了语调："今日个我的茶母子啊，乃是'三英战吕布'。且说那关云长上前来，张飞紧随其后，和吕布干了起来，怎料还是不敌，刘玄德跃马上前……"水生边讲边做动作，大家连连叫好。一时间，那茶客又连着喝了三杯，临走，丢下了五分钱，多的一分算是小费了。二根和阿丁几个也想喝，水生说："好，但一人只准喝一杯，且明日必须再来。如果不来，今日就请自便。"

第二日，二根、阿丁早早地就来了，还带来了村子里的几个婆娘，都说是来喝水生的茶母子的。水生更来劲了："今日啊，讲'孟德献刀'，那个孟德啊，就是曹操，他想着将那大奸臣董卓杀死……"从没看过书的婆娘们听得眼睛都不眨一下，三毛的婆娘喝了茶，还丢下了一分钱，说："值啊，一分钱一杯值啊。"过路的三四个茶客也连连说好。

第三天，水生讲的是"单刀赴会"，过路的茶客居然有十多个，一人喝了三杯，二根一杯茶都没喝上。有个过路的太婆，喝了两杯，摸出两分钱，让水生给挡住了："您就免费了。"

人是越来越多。第九天的时候，水生清点了一下这些天的收获，不计成本，居然收入了九角六分钱。这几天是大有收获啊，水生心里一阵得意。

水生已经得到消息，老婆兰花就要回来了。今日是最后一天，水生准备讲"过五关斩六将"。水生才开口："那曹操啊，对关羽三日一小宴、五日一大宴，又送美女和金银财宝无数。关羽让美女服侍嫂嫂，财物则交嫂嫂暂时收藏……"

"水生叔，你知道关云长过的是哪五关，斩了哪六将吗？"有个人说。大家一看，是天狗家才读小学三年级的儿子红虎。水生就说："红虎，你知道啊？你给讲讲，我有奖励。"二根和阿丁几个就来了兴趣："是啊，你给讲讲，水生叔有奖的。"

"奖什么啊？"红虎小声地说。

"那……奖你一元钱怎么样？但你不会讲的话就学一百声狗叫。"水生想堵住这小子的口。

"好！"大家都乐了。

红虎小子开腔了："且说那关羽保护二位嫂嫂来到东岭关，守将孔秀说没看见曹操的文书，阻拦关羽过关，便被关羽杀了，然后一路来到洛阳……"大家连声叫好。小家伙最后讲到了关羽与张飞古城相会。这时候，水生才发觉自己上当了。可是，一言既出，驷马难追。他将那九天来收到的一分一分的钱都数给了红虎，还加上了衣袋里的四分钱，才凑上一元钱。众人又是一阵喝彩，水生的脸红红的。

水生老婆回来了，说："水兰啊，听说茶摊生意很好哩，四角钱拿来。"水生这才想起要向兰花交上四角钱的事，可哪里还有钱呢？老婆一下拧住了水生的耳朵："快说，钱呢，哪去了？是不是给了人？"

"是，是……红虎。"水生结结巴巴地说。

用绳子牵着乌龟

"爸，你们小时候玩得过瘾的事是什么？"正在电脑上玩着打扮游戏的女儿问我。

"呃，用绳子牵着乌龟。"我慢悠悠地说。

"啊？还可以牵着乌龟散步啊？乌龟不是一盘很贵的菜吗？"女儿很吃惊。

我点点头："还是野生乌龟哩。那个时节，在旱田水田里，到处都是乌龟呢。"

刚放学回家，金虎和银虎一丢下书包就去厨房的水缸边找东西。金虎九岁，银虎八岁。

"找着了，找着了……"银虎大声地叫着。他手中拿着根线，线一拉，拉出个乌龟。"快出来啊，快出来啊。"金虎在一旁说，手也跟着去拉那一根系着乌龟的线。

银虎在前头牵着乌龟，金虎在后头口中念念有词："快走，快走，小乌龟，就要和人家比试比试了，一定要赢啊。"连拖带拉，小乌龟被拉到了队里的禾场上。小乌龟金黄的头，金黄的背壳花纹，乍一看，小尾巴也染上金黄的颜色了。

小花、铁青、阿丁几个小伙伴围了过来。

"来了，来了……"小伙伴小声地叫道。

不远处，红光和红明兄弟俩也前呼后拥地拉了只乌龟来。红光的眼睛红红的，拉着那只乌龟，大声叫道："我们的大红来啦。"那只乌龟红红的鼻子，红红的背壳，像被人涂上了红颜料一般。

金虎捧过牵来的乌龟说："我们的金钱龟，天下无敌。"

红光接过话头："我们的大红龟，大红大紫。"

吼，吼，吼……伙伴们不停地助威。

银虎牵过来乌龟，红明牵过来乌龟。

两只乌龟慢慢地爬着，你不管我，我不管你。银虎将手中的线拉了拉，红明也将手中的线拉了拉。两只乌龟已准备好比试。

两只乌龟昂了昂自己的头，又慢慢地向前爬去。

"你不听话了是不是？"金虎对着他们的金钱龟嚷。

"刚不是给你吃饭吗？不想使力是不？"红光也对他们的大红龟叫着。

说着，金虎和红光都使劲地拉了拉各自的乌龟。两只乌龟的头碰在了一起，来了一个亲密接触。"哄——"伙伴们笑开了。红光又一拉，金虎也一拉，两只乌龟这次算是头对头了，金虎的乌龟力大一些，将红光的大红龟绊了个四脚朝天。

"噢，我们的金钱龟赢了，我们的金钱龟赢了……"银虎开始叫道。伙伴们也开始叫："金钱龟赢了，金钱龟赢了。"伙伴们一边叫，一边开始推推搡搡起来。啪——，红明的脚，不偏不倚地踏在了金钱龟上。金钱龟伸长了脖子，直直地躺倒在地上，嘴角有鲜红的血流了出来。

"金钱龟死了，金钱龟被红明一脚踩死了，"金虎一把抓住红光的衣领，"赔我们的金钱龟，赔我们的金钱龟！"

"好，我们赔，你松手，"红光说，"我们将大红龟赔你们还不行吗？"

"不行！我们要我们的金钱龟。"银虎说。

"好。我们明天赔给你们。"红光说。金虎这才松开了手。

第二天刚放学，红光、红明两人就找到了金虎、银虎说："给，赔你们的乌龟。"说着，红光从衣袋里搜出一只金色的乌龟。银虎见了说："这只龟的颜色比我们的那只要好，我们不要，我们只要和我们的金钱龟一样颜色的。"

第三天是星期天，傍晚时分，红光、红明抬了个箩筐来，对金虎、银虎说："这下总有你们想要的金钱龟了吧？"金虎、银虎一看，箩筐里足有十多只乌龟，大小不一，但颜色都是金黄的，远远看去，就像一筐子黄金一样。

"这十三只乌龟，是我们兄弟今天一整天在田地里找到的，全部赔给你们兄弟，行不？"红光对金虎说。

银虎不作声，从箩筐里找了只金黄色的小龟，样子果然和那金钱龟相似，说："我们只要这一只啊。"

"那好。我们还有个条件。"红光又说，"那就是，你们还得找乌龟和我们的乌龟进行比试……"

"这是一定的了……"金虎、银虎连忙说。红光、红明走过来，小花、铁青、阿丁几个小伙伴走了过来，几双小手紧紧地攥在了一起。有歌声从他们的口里飘出："大麦田的大乌龟，小麦田的小乌龟，豌豆田的老乌龟……"

我家弟弟要抓周

在江汉平原，家中有孩子出生是讲究一些礼仪的。刚出生，手脚麻利的接生婆正将枯瘦的手向孩子通红的屁股上拍下去时，外边的长长的鞭炮就炸响了，整个村子就都知道，这家的孩子降生了。满月时，又有满月礼，以吃染成红色的煮鸡蛋为标志，而最隆重的事，要算抓周了。

我家弟弟要抓周了。

弟弟才三个月时，爹就开始张罗这事了。他隔三岔五地上集市，购买一些抓周仪式上要用的物件。弟弟九个月时，爹开始骑着那辆浑身都响却铃铛不响的永久牌自行车，去几个姑爷舅爷家下请帖接客了。请客的日子是上个月请村子里教书的王先生给定好的良辰吉日，四月初八。其实弟弟在这一天也只有十一个月，不到一岁呢。

"哪有足足十二个月了才抓周的？"捻着胡须的王先生慢慢地说。

四月初八，我家弟弟要抓周。这消息像长了翅膀一样，飞遍了村子里的角落。最高兴的当然是十岁上下的我们。这些小子们，等着那天从天而降的糖果，还有甜甜的米团子。这是平日里吃不到的美食。我的那些伯叔婶娘们也等着这一天呢。他们要看看我家的弟弟这一天会抓到什么物件。

四月初六的时候，爹将抓周用的糖果从镇上的商店里买了回来。我知道，这糖果金贵着呢，得两分钱一颗。爹狠了狠心，买了五十颗，花了一元钱。那一元的钱票，我只在过年时才见到过。爹买回来的时候，偷偷给了我一颗，说："吃吧。"我却舍不得吃，将这颗用花花的糖纸包裹的糖果放进了自己最里边的衣袋。明天之后的好几天，我还要和我的伙伴们比谁有糖果呢。糖果金贵，米团就多了。四月初七的夜晚，好几个婶娘到我们家，帮我们做米团：将家中的粳米磨碎后用甑蒸，热气香香地喷出来时，将米粉从甑里倒在桌子上，和些水，用手搅拌、揉搓，让米粉散而不结。然后，大人们都围拢来，用手轻轻地抓起一小把，揉捏成金元宝形状，接着，再放进甑里去蒸，又是香气扑鼻的时候，就可以出锅了。不过，还有最后一个环节，用筷子方方的那端，蘸了调好的红色食用颜料，点在每个米团的正中间，就像点成了一颗美人痣。

四月初八，就要抓周的弟弟的额头上，也贴上了一颗红红的美人痣。大清早，娘给弟弟浑身上下洗了个干干净净，穿上了最新的衣裳。弟弟上身穿了件红色的小袄，小袄上套了件深色的地主褂。脚上穿了双虎头鞋。这一天，娘破例没给弟弟穿开裆裤，让他像个小大人一样。

最近的舅爷舅妈来了，最远的姑父姑妈也来了。娘将弟弟抱了出来，大家自然地迎上来。时不时地就听见有人说："看啊看啊，这小东西，长得多好啊。"也会有人问弟弟的名字，我就会跳上前去插话："他叫华华，华丽的华，中华的华……"大家都哈哈大笑起来。

抓周的仪式在午餐之后开始。客人们刚吃完，爹就和隔壁的富伯挑选了一张最新的八仙桌，铺上一床新床单，然后摆上抓周要用的物品。印章、书、葱、杆秤、笔、墨、纸、砚、算盘、钱币、账册、剪子、尺子、首饰、花朵、胭脂、小布娃娃，这些东西其实我是见过的。听爹说，我也是抓过周的。那本书是线装的，是向王先生借来的，听说是本经书。爹没有将糖果摆上，他担心小孩子们抢了去吃，仪式正式开始时再摆。

仪式正式开始前，爹得抱着弟弟去祭拜祖宗庙。我们村子里的祖宗庙在村子东头的一处高坡上，爹抱着弟弟去，我也便跟了去。爹抱着弟弟在祖宗牌位前跪拜，我也同他们一道跪拜。

然后，我们往回走。我们家门口已站了不少的人，还有一些我并不熟悉的人。他们早就议论开了。

"这小子，抓个印章，长大以后，必乘天恩祖德，官运亨通。"

"哎呀，做官不一定好啊，抓笔、墨、纸、砚好，长大以后好学，必有一笔锦绣文章，终能三元及第啊……"

"要抓葱，聪明嘛。抓算盘也行啊，长大善于理财，必成陶朱事业。"

"千万不要抓了糖果和玩具，那将来就会好吃贪玩了……"

爹将糖果放在了桌子上，将弟弟放在了离笔、墨、纸、砚和印章最近的地方，好让他抓这些东西，看来爹是想让弟弟好好读书，好好做官。爹将弟弟刚放下，弟弟就笑着将手伸向了那本书。爹高兴起来，姑妈也高兴："好啊，华华将来会读书哩。"

围在桌子边的小伙伴们却等不及了，他们的眼睛早就盯在了那桌子上的糖果。爹也很大方，抓起糖果，向小伙伴们撒去。糖果掉在地上，小伙伴们低下头去找寻。同时撒向人群的还有昨天就蒸熟了的米团，米团也掉在地上，在地上打着滚儿。不少人跟着糖果和米团跑，大人笑着，小伙伴们也笑着，还有人摔倒在地上，大家都哈哈大笑起来。

我曾经问过爹，我抓周时抓的是什么。爹笑了笑，说我抓的是一杆秤，将来要做大法官的。

可是，现在的我，四十多岁了，不是法官，是一名教师。我那如今已经三十多岁的弟弟呢，抓周时抓的是书，却只读了个中专，现在开着一家公司。

挂支钢笔进教室

干净整洁的衣裳，是娘昨天清洗的。上衣是中山装的样式，有些旧。上衣左边的衣兜，赫然挂着一支钢笔。那钢笔的铁钩别在衣兜外边，迎着阳光一闪一闪，很是刺眼……

金虎打了个颤，从睡梦中醒了过来。他趴在课桌上睡着了。

金虎十岁，读四年级。他太想要一支钢笔了。

他在老师办公室里见过一支又一支钢笔。教语文的边老师用的是一支英雄牌钢笔，银灰色的。金虎觉得这支最好看，他用手摸了摸。边老师正一边捏着它长长的橡皮肚子吸墨水，一边对他说："小子，像这钢笔一样，多喝点儿墨水吧，想要什么样的钢笔就会有什么样的钢笔。"金虎不停地点着头。

三年级期末。考试总分第一名的张天得了支钢笔，挂着那支钢笔在村子里走了三趟，那得意的神情更让金虎气愤。金虎考了个第二，跟张天差一分，只得了个笔记本。学校只奖励第一名的学生钢笔。金虎见过张天那支笔，也是英雄牌的。他跑到镇上文具商店看过，五角四分钱。金虎想考第一，拿到一支钢笔的奖励。

金虎在心里暗暗地使劲。张天是他最强的对手，他想超过张天。同学们都在玩游戏的时候，金虎仍在不停地学习，用他手中那支硬硬的圆珠笔做着笔记，做着数学题目。金虎觉得，张天似乎也在和他较劲，争分夺秒地在学习。金虎在心里甚至诅咒过张天，这小子怎么不得一场病哩，生了病成绩肯定会下降的。每天，金虎都会给自己信心，希望自己考试成绩一定超过张天。

又到了期末，第一天考语文和自然这两科。语文学科是金虎的强项，他一脸的自信。下午考自然学科，金虎也觉得得心应手。他看了看张天，张天似乎卡了壳，不那么顺扬，满脸都是汗水。好不容易交试卷了，张天蹒跚着走出了教室。金虎一心想考过张天，悄悄地跟在张天后边。他想知道张天是怎样复习数学的。张天确实是个数学尖子。

才跟着张天走到村头的田间小路，金虎看见张天一下子栽倒在路边的田地里。金虎心里一喜，肯定是张天生病了，看来他明天不能参加数学考试了。他要是不能参加数学考试，那这次的第一名肯定是我金虎了。他走过张天的身边，像没有看见一样。金虎的前前后后都没有路过的人们。

金虎似乎看到了那支金灿灿的"英雄"钢笔。

但是他转过了头，对张天说："张天，你坚持一会儿，我去叫王医生。"王医生是村里的赤脚医生。

第二天数学考试，张天照常来到了考场，走过金虎面前时，对金虎会心地笑了笑。

几天后，成绩出来了。张天是第一名，比金虎多出三分。表彰大会上，老校长拿出了一支英雄牌钢笔，说："今天，我们将第一支钢笔奖给金虎同学，他勤奋好学，乐于助人。他的对手张天同学病倒，他及时叫来了医生，并且陪伴着张天同学打完点滴……"

金虎觉得很意外。

台下的同学拼命鼓掌。金虎走上前去，接过钢笔，骄傲地挂在了自己的上衣左边衣兜口。他看见，那钢笔的铁钩特别闪亮，发出像宝石一样的光芒。

他回家的时候，伙伴们都围了上来，看他的英雄牌钢笔。才读二年级的弟弟银虎更是羡慕，鼻涕也喷在了钢笔帽上。

金虎摸着银虎的脑袋说："弟弟，你要向这支钢笔学习，多喝点儿墨水啊，你想要什么样的钢笔就会有什么样的钢笔……"

银虎的鼻涕挂得更长了。

父亲爱里有片海

　　我从海边回到"金海岸"小屋的时候，已经是下午五点多钟。我是从海边回来的最后一拨人，其实昨天我就可以回来的，要不是为了多拍几张"海韵"图片，回去让我的还没见过海的学生们长长眼，我才不会在这海边多待一会儿呢。从前天开始，广播、电视、报纸等各种媒体就发布消息，大后天将会有台风登陆。昨天已有大半游玩的人返回了市区，今天只剩下小半游人，而且剩下的所有游人都手忙脚乱地在"金海岸"小屋收拾着行李，准备马上离开。

　　"金海岸"小屋是个前后左右上下六面都用厚铁皮包成的小屋子，只在朝海的那面开了个小门。这也许是经历风暴者对小屋的最佳设计吧。小屋里有些简单的生活设施，可以供人们将就用着。这小屋挺有特色，前天我专门为它拍了几张特写照片呢。小屋离海边最近，到海边游玩的人们常在这儿歇会儿脚。说它最近，其实走到海边也是要一个多小时的。

天总是阴沉着脸，像要随时发怒似的。要不是"金海岸"小老板的收音机一直响着，这"金海岸"早就没有了一丝活力。要在旅游旺季，"金海岸"屋里屋外人山人海，比繁华的市区也毫不逊色。

"这铁板做成的金海岸也不是金海岸了，大家快收拾东西到市中心，躲进厚实的宾馆里去吧。"那小老板不停地大声叫着。

人们自顾自收着东西，少有人说话。我的东西很少，早三收拾停当。突然，我看见两个人，估摸着是父子二人，父亲四十多岁的样子，儿子不过十来岁。父子俩一动不动，孩子无力地倚在大人身边。父亲提着个纸袋子，里面好像只有一条毛巾和一个瓶子。可是，他们一点儿也不惊慌，仿佛明天就要到来的台风与他们毫无关系。

"父子俩吧。"我走过去，搭了腔，那父亲模样的人点了点头，算是回答。

"收拾收拾，我们一起走吧。"我是耐不住寂寞的一个人，又说。

父子俩没有作声，父亲对我笑了笑，却没有回答。我想他们对我还有一种戒备心理吧。

"您说，明天真的有台风？"过了一会儿，倒是那父亲盯着我问。我重重地点了点头。他的脸上是失望的神色。

还有一个多小时公共汽车才来接我们回市区，人们都拿出早就准备好的食物来对付咕咕叫的肚子。我也拿出了我的食物，一只全鸡、一袋饼干、两罐啤酒。

"一起吃吧。"我对他们两人说。

"不了，吃过了。"那父亲说，一边扬了扬他那纸袋子里的瓶子。那是一瓶榨菜，吃得还剩下一小半了。

我开始吃鸡腿，那父亲转过头去看远处的人们，儿子的喉结却开始不停地蠕动，吞着唾沫。我这才仔细地看那孩子。孩子瘦得皮包骨头一样，偎在父亲身旁，远看倒就像是一只猴子。我知道孩子肯定饿了，我撕过一只鸡腿，递给了孩子。父亲忙转过脸来对我说了声谢谢，我又递过一只鸡翅给那父亲，父亲这才不好意思地接在手里。等到儿子吃完了鸡腿，父亲又将鸡翅递给儿子。儿子没有说话，接过鸡翅往父亲嘴里送。父亲舔了下，算是吃了一口，儿子这才放心地去吃。

我忙又递给孩子的父亲几块饼干，说："吃吧，不吃身体会垮掉的。"父亲这才把饼干放进嘴里，满怀感激地看着我。他终于开口了，问我："您说，明天真的会有台风？"

"是的呀，前天开始，广播、电视和报纸就在说，你不知道？"我说。父亲不再作声了，脸上失望的阴云更浓了。

"你不想回去了？"我问。

父亲长长地叹了一口气，说："还怎么能回去呀？"他的眼角有几滴清泪溢出。

"怎么了？"

"孩子最喜欢海，孩子要看海呀。"他拭去了眼角的泪，生怕我看见似的。

"这有什么问题，以后还可以来的。"我安慰他说。

"您不知道，"父亲对我说，"这孩子今年十六岁了，看上去只有十岁吧。他十岁那年检查出来得了白血病的。六年了，前两年我和他妈妈还四处借钱为他化疗，维持孩子的生命。可是，一个乡下人，又有多大的来路呢，该借的地方都借了，再也借不到钱了，只能让孩子就这样拖着。前年，他妈妈说出去打工挣钱为他治疗，可现在倒没有了下落。孩子就这样跟着我，我和他都知道，我们在一起的时日不会很长了。孩子对我说想去看看大海。父子的心是相连的。我感觉，孩子这两天就要离开我了。我卖掉了家里的最后一点儿东西，凑了点儿路费，坐火车来到这儿，又到了这海边小屋子，眼看就能满足孩子的心愿了，可是，可是……"孩子的父亲哭了起来，声音低沉。

"不管怎么样，还是先回去再说吧。"我劝道。

"不，我一定要让孩子看到海。"父亲坚定地说。

接游客的汽车来了，游人们争着上了汽车。我忙着去拉父子俩。父亲连声说着谢谢，却紧紧搂着儿子，一动不动。但是我不得不走。我递给那父亲三百元钱后，在汽车开动的刹那也上了汽车。我想也许还有一班车，他们还能坐那班车返回。到了市区，我问起司机，司机说这就是最后一班车了。我后悔起来，真该强迫他们父子俩上车的。但又想起那父亲脸上的神情，我想我这样做了也是徒劳。给了他们三百元钱，我似乎心安理得了些，但那三百元钱对于他们又有什么用呢？

当晚，我在宾馆的房间里坐卧不安，唯有祈祷：明天的风暴迟些来吧。

然而，水火总是无情的。第二天，风暴如期而至。听着房间外呼啸的风声，夹杂着树木的倒地声，我心里冷得厉害，总是惦着那父子俩。

台风过后，我要回到我的小城去上班了。回城之前，我查询到了"金海岸"小屋的电话号码，我想知道那父子俩到底怎么样了。下午的时候，电话才接通。"金海岸"的小老板还记得我。我问起那父子，小老板说："我也是刚回到小屋，那父亲我前一会儿还看见了的。"我的心放松了些。他又说："听那父亲说，风暴来的当天，父子俩还是去了海边，幸好及时地返回了小屋。我的天啦，这次的海水还暴涨了，差点儿淹没了我的小屋。就在台风来的时候，那瘦瘦的孩子永远地闭上了眼睛，躺在父亲的怀里，脸上漾着幸福的笑容……"

我拿着电话，怔怔地站着。窗外，云淡天高，暴风雨洗礼之后的天空竟是如此的美丽！

你就是我的双眼

这一年的七月，我实现了多年的愿望，终于坐上了到西藏去的列车。

虽是夏季，还是有些寒意。我和女友小木，在列车上一路说着话，相互取暖，开始了我们快乐的西藏之旅。

车到念青唐古拉山时，我们有几分钟吸氧的时间。我们虽然年轻，却也感受到了缺氧带来的不适。在山口，不少游客下了火车，欣赏这念青唐古拉山的美景。有人迅速拿出相机，拍照留念。我和女友小木也下车留下了几张幸福的照片。我发现近旁的几个人中，有一位特殊的游客。

那是一位老太太，她白色的头发，面部红润，但这种红不是正常如童颜般的红，是明显有着不适应的表现。但是，白发老太太的脸上，总是漾着浅浅的笑。

我们走过去，说："奶奶，帮您拍张照片吧。"

老太太笑了笑："不用啊。美在我心里呢。"

听了这句话，我们来了兴趣。回到列车上，我们和老太太攀谈起来。老太太姓杨，今年六十三岁了。

小木说："奶奶，您身体硬朗着哩。"

"哪里哟，我有高血压、高血脂，得注意点儿才好。"

"奶奶，您是第一次来西藏吧？"我说。

白发老太太一听这话倒显得自豪起来："不哩，我是第十八次到西藏了。今年是第十八次了。"她将"十八次"说得很重。

这下，我们的疑惑就更大了："奶奶，那您为什么要来这么多次数？再说，您的身体也受不了啊。"

老太太的话匣子就打开了："年轻人，我看你们是情侣吧。我给你们讲个故事吧。"

"曾经有个年轻人，爱好登山，喜欢挑战自己。他更向往西藏，一直想要去看一看西藏的美丽风景，顺便到喜马拉雅山挑战登山。十八年前，年轻人终于可以实现自己的愿望。他随着一支登山队来到了西藏，他们要挑战自己，从喜马拉雅山南麓登山，结果，这次登山遇上了雪崩，这个年轻人，还有另外一位五十多岁的登山队长，两人被埋在了雪底下……"

"那这位年轻人是您的……"小木紧着问。

"是我的儿子，是我唯一的儿子。他的爸爸，二十八年前在一场抗洪救灾中失去了生命。十八年前的这次雪崩，将我的儿子留在了西藏。"老太太说。

小木看着老太太，听着她的故事，眼泪止不住地从她的眼里流了出来。

　　停了一下，老太太继续说："我的儿子叫刘勇，我们希望他勇敢，他确实勇敢啊。他在六岁上学的时候，有一次对我：'妈妈，现在你和爸爸就是我的眼睛，带着幼小的我看世界。我长大了要做勇敢的人，我就是你们的眼睛，带着你们出去多看看外面的风景，我们还要到西藏去看看，看那雄鹰，看那蓝天，做真正勇敢的人。'"老太太语调缓慢，很是平静。

　　你是我的眼睛！我和小木一惊，多么形象啊。

　　老人看着我们，接着说："所以，他走之后的每一年的夏天，我都要到西藏去走一趟。我是他的眼睛，我在家中看了风景，要去西藏告诉他。我到了西藏，在西藏看了风景，就是他看了风景啊。"

　　"您的身体还受得了吗？"我们担心地说。

　　老太太倒笑了起来："这没什么啊。我是有高血压、高血脂，但我注意着呢。要是真有一天出了问题，西藏将我留了下来，那不是更好吗？我正好可以陪陪我的儿子啊。"

　　过了一会儿，老太太竟然睡着了。

　　我和小木睡不着，黑夜中，我们对望着，想说什么，却没有说出来。这一晚的列车，出奇的安静。车厢里的空气，似乎用藏地的白雪清洗过一样，洁净，澄澈。

　　列车继续前行着，像一条长龙飞向美丽的天空。夜色里的雪山，一片洁白。

我们爱上了围棋

对于围棋，我是没有兴趣的。我觉得那是高智商的人做的高雅的事，我担心我的智商不够。

市里开展围棋大赛，文体局的老朋友高强组织的。他打了电话，让我这个作家去现场看一看，说也许能捞点儿写作素材。反正没事，我就到了围棋大赛现场。那天是业余选手的决赛，出乎意料的是，在大赛现场我遇到了我高中时的语文老师李丙林，还有他的夫人魏老师。这让我感到惊喜。

更让我惊喜的是，全市业余选手决赛，我的老师李丙林居然成了冠军，他的夫人魏老师是季军。

决赛结果一出来，大家为这对年过七旬的老夫妇送上了最热烈的掌声，表达自己最崇高的敬意。我作为特邀嘉宾，为我的老师和师娘送上了荣誉证书。

可是，他们夫妇在二十多年前是从不下围棋的呢。我的心中有了疑惑。当年，李老师爱好写作，发表了好多的散文；魏老师呢，除了完成她的生物教学任务，就是一个完完全全的家庭主妇。

我在心里琢磨，我想要完成一篇文章，写一写我的老师和师娘，写他们是如何成长为围棋高手的。

第二天，我打电话向老朋友高强说了我想要写作的意思。他高兴地说："我正想让你写写李丙林老夫妇呢，不想你找上门来了。"

"其实啊，老夫妇成长为优秀围棋高手的原因也简单。"高强似乎知道些什么。

"什么原因？"我问。

"这老夫妇啊，从二十一年前开始，就坚持看电视上的围棋节目。"

"哦，这是原因。可是，他们是我的老师，我知道他们是不大喜欢围棋的啊。"我还是不解。

高强在电话里笑了："这你就不懂了吧，当年啊，那个电视围棋节目的女解说员啊，就是老夫妇的女儿呢。是他们女儿的节目，他们当然坚持看，还坚持每天做笔记呢。你要不信啊，我这儿还有老夫妇送来的一本笔记，据说是最早的一本笔记，上头记载详细。笔记本里，还夹着两张照片，是他们女儿的照片，老夫妇当年看电视时，用相机拍下了围棋节目中正在讲解的女儿。"

高强一下子说了这么多，我也知道了大致的原因。我的老师李丙林夫妇因为女儿在围棋节目做解说员，因而两人都爱上了围棋，坚持看电视，坚持做笔记，偶尔也拍拍解说现场的照片，所以他们成长为围棋高手了。

我特意又跑到高强那儿，我想看看那笔记本。笔记本上，每天两页，记载得密密麻麻。我随意翻看了一下，有一页这样写着：今天是晴天，小梅穿着纯白的衬衫讲解，吐字清晰，讲解通俗易懂……

我又看了看照片，照片是从电视屏幕上捕捉到的。照片上的女孩儿穿着白衬衫，剪着齐耳短发，微微地露出洁白的牙齿，正在讲解着什么。照片的下边，写着拍摄时间：1996年7月21日。

这就是高强说的我的老师李丙林家的女儿小梅的照片了。小梅和我是同学，在一个班上，1995届的高三（3）班。她爱穿白衬衫，常常剪着齐耳短发，一说话就会微微地露出洁白的牙齿。

可是，我的同学小梅，在1995年高考的前一个月，晚自习之后从学校教学楼四楼失足摔了下来，当时就失去了年轻的生命了啊。那时，我们全班同学痛苦了好一阵子。

我坐了车，想要去一趟李丙林老师家。进了门，我看到老夫妇正在看着围棋节目，丝毫看不出得奖之后的欣喜。魏老师正轻轻地跟李老师说话："老头子，你说，如今这个解说员水平，真的比不上二十年前的小梅。"

"是啊，咱家小梅的围棋解说水平啊，至今无人比得上呢。"李老师回应道。

我没有出声。

我的文章，不知道如何动笔了。

秦琼卖马

陈振林

①进江州城的人，有一处必去，就是书场。

②一溜儿五间不大的屋子，几根粗木柱立着，全是串通的，宽敞明亮。屋子里的正北方，用砖石砌成八仙桌大小的台子，高尺许。台上立一桌，小，宽，不过七八寸，长约三尺。四只桌腿像初生牛犊的小腿，细，摇摇欲坠，随时会散架倒下的样子。这便是说书人的舞台了。屋外立一对联：汉萧何追韩信闻香下马，周文王访子牙知味停车。上无横批，只悬着匾额，三个字：铁嘴刘。

③铁嘴刘正是屋子的主人，江州城妇孺皆知的大名人。其实，"铁嘴刘"这名号已传下来三代了。铁嘴刘说书有规矩，白天休息加学习，晚上才登场。铁嘴刘刚过不惑之年，因其喜好蓄须，倒是有了些仙风道骨的韵味。

④近日，正说《秦琼卖马》。那情节人物大家伙儿早烂熟于心，但仍然喜欢听。听过三四遍的，不下百人，却仍然来捧场。<u>快八十的张老太爷说，又听一回，就像吃一道新菜，味道大不同呢。</u>

⑤这日铁嘴刘正开讲，抚尺一拍，全场静息，长须一捋，大声道："且说秦琼秦叔宝解配军至潞州天堂县投文，只因知县不发回文，困居客店……"

⑥他口里在说，目光一移，瞟至最东侧座椅上端坐的一人。那人五十上下，青衣小帽，口微张，耳微侧，入迷一般。铁嘴刘说得更是卖力，字字如珠玑，诗文对句，句句相连。

⑦"要知秦叔宝黄骠马命运，且听明日分解。"铁嘴刘按住抚尺。子夜散场，听客散去，他与夫人正收拾屋子，抬眼，青衣小帽者还在，似有难言之隐。

⑧"欢迎客官光临……"铁嘴刘客套说。

⑨来人欠了欠身，轻声说："久闻大名，今日果然。但明日为老母寿辰，在下得回楚州探母，三日后再来相扰，只怕听不到黄骠马之结局也。"说完，一步一回头，消失在黑夜中。

⑩白日无话，第一晚照样满场，不想，才听到开场几句，听客顿觉大不同。说的还是秦叔宝，事儿却新鲜了，店三索房饭钱，秦叔宝与之周旋，足足说了一晚，将人情世故，穿插在情节之中。

⑪暮色又合，第二晚。听客们听说了《秦琼卖马》中的新鲜事，都来了，铁嘴刘开口便说黄骠马膘肥体壮，乃是匹宝马，再说秦琼痛哭黄骠马。这黄骠马，说了一晚上。

⑫第三晚，铁嘴刘拍拍抚尺："前面说要知黄骠马命运，且听今日分解，我继

大 钥 匙

陈振林

大钥匙是一个人，一个四十多岁的男人。

人们和他不熟，他也和人们不熟。人们都不知道他的姓名。只因他胸口常挂着一把大钥匙，人们就自然都叫他"大钥匙"，算是他的姓名了。

他胸前的那把大钥匙，常年挂在胸口，但却没见生锈。倒是他的衣裳，成年脏兮兮的，似乎从来没有洗过。那把钥匙，他肯定经常用自己的衣角不停地擦拭。好几次，我看见他将钥匙放进了嘴里，不停地吮吸，应该在给他那把大钥匙做清洁工作吧。

我每天上班，必须经过天人广场。每次上班，我都能看见大钥匙。远远地看去，他总在找寻着什么，也许是在找人们丢失在地上的钱吧。

"那把大钥匙应该就是他家的钥匙了吧？"我问在广场上卖玉米棒的太婆。

"他哪里有家哟。"太婆连连摆手。

太婆见我不想走，又告诉我说："我在这广场卖玉米棒子十多年了，他来这广场也有十多年了，也不知他是从哪里来的，他很少说话，像个哑巴一样。十多年了，他多半日子是在这广场上度过的，挨饿受冻，真是可怜啊……"

太婆话匣子一打开，说个不停。

再次见到大钥匙的时候，是在翠苑小区。大钥匙像只小鸡一样，被两个男青年拎着。大钥匙的头上、身上全是伤。一旁的红衣妇女大声地指着大钥匙骂："不要脸的东西，还想进我们家来偷盗，真是瞎了你的狗眼了……大家看看，我家儿子刚才放学回家，这东西就偷偷地跟上了，胆子大得很啦，居然跟到了家门口，我家儿子正掏出钥匙准备开门时，他就一把将我儿子的钥匙抢了过去。好在我正在家中，打开门看见了，一下子就将他给逮住了。要是我家里没人，不知道这东西会干些什么伤天害理的事出来……"

大钥匙刚才肯定遭到了一顿打。一会儿，110来了，将大钥匙带走了。我想说点儿什么，但什么也没说出口。

接下来的几天，广场上就没见着大钥匙了。

一个月后，我到实验小学去接女儿。一阵叫喊声响起："快抓住他！"然后就有人被路过的胖巡警扑倒在地。我一看，又是大钥匙。他刚才拦住了一个七八岁的小男孩儿，要抢那小男孩儿挂在脖子上的钥匙。大钥匙当场又被带走了。

这个大钥匙真是个不干好事的家伙了。我心想。

几天后的端午节，广场上虽然人山人海，但我还是看见了大钥匙。他的脸上还续卖嘴啦……"

⑬众人一惊，知道这是接上了大前天晚上的故事。那昨晚"黄骠马"和前天晚上的"人情世故"不都是在原地转吗？再看最东边的座椅，端坐的正是那晚的青衣小帽人。

⑭铁嘴刘的声音更响了："店主带过黄骠马，秦叔宝不由得两泪如麻。为还店饭钱，无奈何，只得来卖它，摆一摆手，你就牵了去吧……"

⑮子夜散场，听客散去，青衣小帽人对着铁嘴刘深鞠一躬，铁嘴刘回躬相敬。没有言语，青衣小帽人骑马疾驰而去。

⑯第二日，江州城传出消息，青衣小帽者为荆州知府蒋大人，又说蒋大人有意请铁嘴刘入知府衙门任职。

⑰铁嘴刘每晚照样说书，《秦琼卖马》照样是他的拿手好戏。倒是有一回，夫人<u>轻轻</u>问了一句："铁嘴啊，你当初咋就知道是荆州知府蒋大人？"

⑱铁嘴刘轻轻将了将长须："天下清廉知府，谁人不知蒋大人？天下孝心知府，谁人不晓蒋大人？天下爱听评书知府，当然首推蒋大人，青衣小帽，且无随从，乃至行事风格……"

⑲夫人也<u>轻轻</u>一笑："难得你这么用心，等着蒋大人的那两晚，编了那么多的情节。"

（2017年江苏省泰州市中考试卷语文试题）

1. 本文主要写了铁嘴刘与蒋大人的故事，请结合内容，概括相应的故事情节，完成填空。

蒋大人：听书入了迷，道出难言之隐，①＿＿＿＿，深鞠一躬。

铁嘴刘：说得更是卖力，②＿＿＿＿，续说黄骠马，③＿＿＿＿。

2. 按要求回答下列两小题。

（1）第⑰段和第⑲段画线的"轻轻"都写出了夫人说话时①＿＿＿＿的心态，但意蕴有所不同，第⑰段的"轻轻"表现她②＿＿＿＿，第⑲段的"轻轻"，表现她②＿＿＿＿。

(2) 你从书场外立的那副对联中读出了铁嘴刘怎样的心意？

3. 第⑯段中写"又说蒋大人有意请铁嘴刘入知府衙门任职"，蒋大人有没有来请呢？根据你对本文的理解，说说看法和理由。

"省里一位专家说，主题是'关爱'，可是我们偏题了……"白校长有气无力地说。

"这怎么会偏题呢？这怎么会偏题呢……"谢主任困惑不已。这个问题，白校长昨天也想了一整个晚上。

（2011 年湖北省荆州市七年级期末考试语文试题）

1. 请用一句话概述本文讲述的事件。

2. 对于梅子的三次哭诉，你认为最好的是哪一次？为什么？

3. "这怎么会偏题呢？"请你说说其中的原因。

4. 你认为"关爱"主题班会，怎样做才是"最有说服力"的？

5. 本文运用了对比的手法，试举例说明其表达效果。

参考答案

1. 本文记叙了一节以"关爱"为主题的班会由获奖到偏题的过程。

2. 第三次。因为梅子逐字逐句地哭诉，表达了妈妈对梅子的关爱、梅子对妈妈的感激之情。

3. 以"关爱"为主题，但是一次又一次的述说，实际是一次又一次地撕开梅子心中的伤口。

4. 以"关爱"为主题的班会，应该以关爱学生本身为出发点来构思。

5. 梅子三次"哭"的对比，突出了梅子的伤心；学校、市里评委和省里专家的对比，揭示了关爱的实质含义。

4. 本文第④段画线句和以下链接材料都用了何种表现手法？各自在文中有何表达效果？

（链接材料）于是宾客无不变色离席，奋袖出臂，两股战战，几欲先走。（林嗣环《口技》）

参考答案

1.① 说书的情节不向前发展（编情节等待蒋大人归来）；② 事完继续听书（探母归来听说书）；③ 回躬相敬。

2.（1）①平和安静、淡泊名利；②有疑而问，不解好奇；③无疑而问，明白之后的会意。

（2）希望听书人欣赏自己的说书；希望知府大人赏识自己。

3. 示例一：没来请

理由：蒋大人是铁嘴刘的"粉丝"，他会尊重铁嘴刘；蒋大人是铁嘴刘的"知音"，知道铁嘴刘热爱说书，无志于仕途；蒋大人清廉，不会以权谋私，搞小团伙。

示例二：来请

理由：蒋大人欣赏铁嘴刘的口才，说不定铁嘴刘能在官场上做个"政府发言人"发挥的特长；铁嘴刘编情节等蒋大人，表现了对蒋大人的欣赏和尊重，蒋大人让这样的人进入知府衙门，会更有利于官员之间的团结。

4. 表现手法：侧面描写（侧面烘托、衬托）

本文第④段画线句的表达效果：以张老太爷又听《秦琼卖马》如吃新菜的陶醉样子，侧面烘托了铁嘴刘技艺高超。

链接材料的表达效果：以观众听口技时的惊慌反应，侧面表现口技表演者的技艺高超。

关　爱

陈振林

初二（2）班正在举行以"关爱"为主题的班会。

"大家说说自己身边的关爱故事吧。"主持人班长小丁用自己的口才尽力地鼓励着班上的同学发言，因为这是一节公开课，听课的有白校长和其他领导。

4. 文章运用了先抑后扬的写作手法，请说说它的作用。

5. 读完这篇文章后，你有何感想？请结合社会生活实际谈一谈。

参考答案

1. "大钥匙"是文中的线索，也是小说的悬念；"大钥匙"是解读主人公性格特征的突破口；钥匙，能开启人的心之门。

2. 大钥匙这个人物看重亲情，执着，他一直寻找着儿子；心地善良，见义勇为，能够为救人而付出自己的生命。

3. 运用了比喻的修辞手法，将"他"因见义勇为而献身比作一朵盛开的花，将"大钥匙"比作鲜嫩的花蕊，形象地描绘出当时的情状，从正面肯定了他的行为，赞扬了他勇于献身的高贵品质。

4. 先抑后扬，设置悬念，让人觉得"大钥匙"有着不好的品行，是"抑"；后来，他为他人献出了自己的生命，是"扬"。这样，更有力地突出了"大钥匙"的优良品质。

5. 生活中不要以外貌取人，而应该注重其品德；要珍惜亲情，珍爱家人。

先后有同学接过话筒，讲述着自己家中的关爱故事，让大家共同感受着一份份难得的深情。"还有谁能说？"小丁又说。

一个瘦瘦的女生站了起来，慢慢地。一接过话筒，她似乎要哭了起来。

"别激动，梅子。"小丁不失时机地安慰了一句。

"亲爱的同学，我要说说我家的故事……"梅子开口了，"三年前，我爸就和我妈离婚了……我爸不要我，我判给了妈妈……呜呜……"

梅子哭了起来。

"慢慢继续说。"小丁劝道。

"呜……这三年来，我和妈妈相依为命。妈妈为了我，没有再嫁。她没有正式工作，为了生活，她给人看过店子，自己推小车卖过夜餐，还捡过垃圾……呜呜呜呜……"梅子拼命哭了起来。

孩子们有的也哭了起来，听课的领导和老师眼眶也湿润了。

全校公开课评比，初二（2）班的"关爱"主题班会被评为优质课，将代表学校参加全市的班会课评比。学校政教处谢主任对这节班会课进行了点评，说这节课的亮点就是梅子同学的发言，到市里上评比课时，如果讲述时语速更慢一点儿，那样就更令人动情了。

一周后，初二（2）班代表学校在市里讲班会公开课。公开课上，梅子开始发言："三年前……我爸妈就离婚了……爸爸不要我……呜……我判给了妈妈……妈妈为了我没有再婚……呜……关了生活……她给人看过店子……推车卖过夜餐……还捡过垃圾……呜呜……"

听课评委落泪了。这节课在市里被评为一等奖第一名，初二（2）班将代表全市到省城去参加全省的班会课竞赛。市教育局张副局长建议：梅子发言时能不能哭声再大一点儿？那样这节以"关爱"为主题的班会课，才更有说服力啊。

一个月之后，全省班会课竞赛活动在省城举行。白校长亲自带着学生上省城。又轮到梅子发言的时候，她先是一阵痛哭，然后逐字逐句地哭诉道："三……年……前……我……爸……妈……就……离……婚……了……呜……呜……"

梅子的这次发言花了近十分钟，在场听课的人无不潸然泪下。评委们给分都很高，有两个评委给出了满分。白校长欣喜不已，忙着给市教育局报喜，并打电话安排学校政教处谢主任迅速组织人拉几条横幅，内容就是庆祝班会公开课在省里获大奖……

学校里横幅拉起来了，庆功宴在最豪华的帝王酒家也订好了。可是，白校长带着学生回来时，却都耷拉着脑袋。

"为什么不是一等奖呢？"谢主任忙问。

带着伤疤。我就抱怨起那些不作为的警察来，为什么不将大钥匙这些做坏事的家伙多关上几天？

就在广场上的人慢慢散去的时候，人群中出现了骚乱。一辆红色小汽车，司机像是喝醉了酒一样，肆无忌惮地向广场冲来。人们纷纷避让，生怕自己被撞上。一个七八岁的小男孩儿，吓得不知所措，蹲在了广场上。那小汽车，像支箭一样，就要射向小男孩儿。就在人们吓得就要闭上眼睛的时候，一个瘦小的身影飞向了小男孩儿，一把推开了小男孩儿。

是大钥匙！

<u>他像一朵花一样，盛开在了广场上。</u>那把大钥匙，挂在他的胸前，像那鲜嫩的<u>花蕊。</u>

小汽车被迫停了下来。司机是个女子，因为感情受挫，喝多了酒，居然开车发泄。

前来处理事故的胖警察泪流满面："你们知道不？大钥匙从没有做过坏事。他在十三年前来到我们这个小城，他是来寻找他儿子的。十三年前，他七岁的儿子被人贩子拐走了。他只是听人说，人贩子将儿子卖到了这里，他就想着在这里找到自己的儿子。可是这些年来，他的钱花光了，人也急疯了，也不会说话了。他只想找到自己的儿子，于是，只要是挂着钥匙的七八岁小男孩儿，他都会上去看一看，想拉下小男孩儿的钥匙，和自己胸前的钥匙比对比对，如果是一样的型号，那一定就是他的儿子……可是他没想到，十三年过去了，他的儿子已经二十岁上下了啊……"

三天后，市公安局为大钥匙举行了葬礼。长长的追悼会队伍里有一个我，我的身边，还有那个卖玉米棒子的太婆。

（2012年湖南省娄底市初中毕业学业考试语文试题）

1. 文章的标题"大钥匙"有何深刻含义？

2. 请概括一下"大钥匙"这个人物形象。

3. 请说说你对文中画线句子的理解。